思辨性修辞

Rhétorique spéculative

[法] 帕斯卡·基尼亚尔——著　　刘楠祺——译

GUANGXI NORMAL UNIVERSITY PRESS
广西师范大学出版社
·桂林·

思辨性修辞
SIBIAN XING XIUCI

Rhétorique spéculative by Pascal Quignard
© Calmann-Lévy, 1995
著作权合同登记号桂图登字：20-2023-229 号

图书在版编目（CIP）数据

思辨性修辞 / （法）帕斯卡·基尼亚尔著 ；刘楠祺译. --桂林 ：广西师范大学出版社，2024.7
　ISBN 978-7-5598-6909-8

　Ⅰ.①思… Ⅱ.①帕… ②刘… Ⅲ.①随笔－作品集－法国－现代 Ⅳ.①I565.65

　中国国家版本馆 CIP 数据核字（2024）第 088884 号

广西师范大学出版社出版发行
　广西桂林市五里店路 9 号　　邮政编码：541004
　网址：http://www.bbtpress.com
出版人：黄轩庄
全国新华书店经销
广西广大印务有限责任公司印刷
　桂林市临桂区秧塘工业园西城大道北侧广西师范大学出版社
　集团有限公司创意产业园内　邮政编码：541199
开本：880 mm × 1 230 mm　　1/32
印张：6.375　　字数：100 千
2024 年 7 月第 1 版　　2024 年 7 月第 1 次印刷
印数：0 001~6 000 册　　定价：49.00 元

读《思辨性修辞》

凌越

读完《思辨性修辞》，我感觉到一种浓度很高的美在洒向我视网膜时带来的轻微的晕眩感。整个阅读过程，我仿佛置身于一个巨大的文字万花筒，基尼亚尔随便抖一抖，美妙的语言连同精微的思想便纷至沓来，几乎淹没了我的感官。

这种感觉当然和《思辨性修辞》的片段式写作方式有关，这种方式规避了通常在建立宏大语言体系时难以避免的空洞和华而不实，而是直接给出思想和语言最结实的晶体。法国学者和作家有这种片段式写作的传统，有人将这种写法的源头追溯到皮埃尔·尼古拉——一位法国 17 世纪的神学家和辩论家，他创造了一种文论形式，叫作"小论"（楠祺师译为"短章"）。此后，法国从事片段式写作的作家可谓层出不穷，偏向于哲思层面的——如帕斯卡尔、拉罗什富科、罗兰·巴特等——被归为哲学家范畴，而偏向于经验和情感层面的——如波德莱尔、马拉美、蓬热、圣-琼·佩斯等——其作品则被认为是散文诗，而它们的作者自然也就是诗人了。

《思辨性修辞》显然属于前一个系列，这和基尼亚尔早年在巴黎第十大学读哲学的经历有很大关系，教过他的老师里有著名的哲学家列维纳斯和保罗·利科，他甚至有跟着列维纳斯做博士论文的机会，但是在1968年5月（彼时，基尼亚尔正在巴黎第十大学读哲学）的红色风暴中，他认为人们的思想"披上了一件并不合适的制服"，从此放弃了"端庄"的学院派哲学研究。尽管如此，青年时代的哲学训练和沉思的习惯却一直伴随着他，甚至成为他的写作的最主要的风格。甚至在基尼亚尔后来的小说（包括2002年为他赢得龚古尔文学奖的《游荡的影子》）中，情节本身从来没有占据过主导地位，情节线索像一根细弱的游丝，串联起一颗颗思维的珍珠。自然，这也使他的小说披上了一层颇有新意的沉思的面纱，使读者不知不觉中放慢了阅读的速度，从而可以更加细致地品评小说的文字之美。

说回《思辨性修辞》，这是基尼亚尔1995年出版的一部片段式随笔集。书名即开宗明义，这是一部"思辨性修辞"，换句话说，它不是小说，它和叙事无关。从书名，我们即可看出，基尼亚尔将在这部书中重点对修辞和语言本身展开他所擅长的思辨。关于修辞，基尼亚尔在书中也给出了自己颇具思辨性的定义："语言给出了它所不具备的东西，这便是修辞。"也就是说，在基尼亚尔看来，语言符号经过巧妙组合所产生的魔幻般的效果，就是修辞，而这本身就是对那种"真理在握"的哲学传统的叛逆。全书开篇第一句，基尼亚尔即亮明了自己的反哲学立场："我将思辨性修辞称为自哲学发明以来贯穿整个西方历史的反哲学文学传统。我从理论上推定其出现的时间为公元139年的罗马。其理论家是弗龙托。"这句话立刻让我想起了罗马尼亚裔的法语作家齐奥朗——基尼亚尔和齐奥朗都是哲学系出身，但是都因为对语言（修辞）的敏感，使他们成为哲学的叛逆者，转而成为更重视语言本体的文学的信徒。

被基尼亚尔认为是反哲学文学传统的开创者的弗龙托，现在的读者想必都比较陌生了，他是古罗马文法家、修辞家和律师，被视为仅次于西塞罗的杰出演说家，公元143年曾出任罗马执政官，公元138年由哈德良皇帝指定为未来的皇帝马可·奥勒留的老师。《思辨性修辞》第一章直接就叫"弗龙托"，在这一章中，基尼亚尔引述、评论着弗龙托的诸多观点，从而引申出自己对语言和修辞的缠绕而又复杂的看法。通过基尼亚尔的引述，弗龙托仿佛变身为我们的同时代人——至少是马拉美的同时代人，他对哲学将语言工具化的陋习深恶痛绝，而他对语言自身可能性的反复强调，在我看来就像是一位优秀的象征主义诗人。弗龙托说："哲学家表达的观点犹如在舌尖上发出的'咔哒'声，盖因其不懂得如何以形象去论证'白昼自有光'的道理，而雄辩家则不然：他们从不会去论证，他们只是展示，他们展示的是打开的窗子。他们知道是语言打开了窗子。"在给学生马可·奥勒留的信中，弗龙托说得更为明了："你要去的是哲学的源头，而不是滞留于哲学本身。在哲学中，你永远不要让自己的节奏和言说的嗓音迷失于哲学那虚伪的、残存的和情绪化的声音当中。你要拒绝哲学那种扭曲的、矫饰的、冗长的发挥。你要通过选择词语，通过灵魂冲动深处的那种旧时的、古老的新意，将自己托付给对'形象'的研究本身。"

在后来漫长的文学演变中，弗龙托所说的"形象"逐渐被"意象"所替代，但无论如何，文学所强调的事物本身的神秘性和自足性，在基尼亚尔看来，总要比哲学概念更丰富，也更有魅力。不用说，这些观点已经是象征主义诗歌运动以来的文学常识，但在古罗马时代的弗龙托笔下看到这些，就着实让人惊讶了，难怪基尼亚尔会在弗龙托的几部重要但全篇已经失传的断简残篇中，翻找着珍贵的段落。在他看来，一种普遍被认为很晚近才"发明"出来的文学传统，其实有它自身悠久的传统，而在其源头，则是一位面目模糊、几近隐身的开创者。

随后，基尼亚尔则对弗龙托更著名的学生马可·奥勒留的传世名著《沉思录》展开分析，但和通常从哲学与伦理角度看待这部作品不同，基尼亚尔依然从他关注的语言入手：“《沉思录》分为十二卷，目标只有一个：通过独立的判断，掌握役使人类的那个东西（语言），形象的喷涌，生命能量的发酵，普世伦理的凝聚以及感恩清单：感恩根源、种子、父母、老师、形象（图像）和诸神。”基尼亚尔自然不会满足于仅仅从弗龙托和奥勒留的著作中引经据典，《思辨性修辞》整本书所采用的片段式方式，使基尼亚尔随时可以从对经典文本的凝视中抽身，进入自己遐想的世界——沿着弗龙托和奥勒留的思维轨道，“发射”他自己的看法，而后者则慢慢成为整本书的主体部分。由于全书有一个扎实的出发点，基尼亚尔随后的发挥和引申也是高水准的，随便举几例：

“文学是反伦理的，它是有效且持续的悲情，是对自身材料的提取，是语言的例外，是源头动力的重生。在崇高的语言中，历史本身可能会因骇怪而短路；所谓赤裸裸的语言，便是那种能产生无愧于任何时代之愿景的语言。”

“小说叙事一旦屈从于合理的观念，便会失去其不可预测性。一旦失去不可预测性，便会失去其自身暴力产生的冲击。一旦失去神秘性，便也失去了其自身的魅力。”

“一位作家，意味着一位被某种笔调吞噬的人。”

从基尼亚尔自己的这些观念看，他追溯西方反哲学文学传统的历史，显然有为自身的观念背书这一潜在动机。随着写作的持续进行，基尼亚尔对经典文本的引用更庞杂，也更迅捷，这些经典作家（有些可以说是文学史上相当冷僻的作家了）包括塔西佗、亚里士多德、普鲁塔克、庄子、孟子、公孙龙、王昌龄、朗吉诺斯、库萨、临济禅师、埃克哈特、世阿弥、米什莱、史蒂文森、三岛由纪夫等等。基尼亚尔将这些作家的只言片语信手拈来，迅速嵌入自己的文字万花筒，不露痕迹地变成自己著作的有机组成部分——显然，基尼亚尔的语言机器已经启动，我们甚至可以听得见它轰隆隆运转的声音，而基尼亚尔在书中反复谈到的语言的欢乐和自足，也从他自己的书中升腾起来，渐渐显出《思辨性修辞》这本书自身的魅力。

从书的后半部分开始，语言片段变得越来越短小，随之基尼亚尔的思维也变得越来越跳跃。他更多地论及他喜欢的作家，论及他对文学（主要是小说）方方面面的看法——风格、主题、语言、情节等等，多数相当精彩，有的则有点老生常谈了。而当基尼亚尔写道："自生命诞生的那一刻起，唯有语言能给予生命以款待。"我们眼前立刻浮现出一位值得信赖的、完全献身于文学的作家形象。是的，《思辨性修辞》是一部语言浓度极高，思维有着百转千回般缠绕魅力的著作，值得我们细细琢磨其中的每一行字。

2020 年秋天，我和楠祺师在一次会议上相识，一见如故，虽然楠祺师比我年长不少，是我的长辈，但他平易近人，为人乐观豁达，在一起相处很是融洽。会议的几天，我们（后来翻译家董继平先生也参与进来）总在一起聊法国文学，聊波德莱尔、瓦雷里、克洛岱尔，聊圣-琼·佩斯在北京写作《远征》时的道观，至今难忘。去年十一月，当楠祺师命我给这本书作序，尽管有些惶然（因为之前对这位作家了解甚少），我还是应承下来，因为楠祺师是我尊重的翻译家，他完全以一己之力将杰出的法语作家埃德蒙·雅贝斯的几乎全部著作翻译成中文，总字数达数百万字，我以为，只有那些热爱文学且有文化担当的翻译家，才会以此种方式从事翻译工作。可是，《思辨性修辞》这本书引经据典，涉猎甚广，有的还是很偏僻的文献，这些都对我写作此文造成障碍。另外，去年十一月以来，疫情跌宕起伏，我自己也中招，持续咳嗽月余，造成我不能及时完成此文，在此，我要向楠祺师说一声抱歉。

2023 年 2 月 5 日于广州

目　录

弗龙托 ①

①   弗龙托（Marcus Cornelius Fronto，104—160），古罗马文法家、修辞家和律
师，被视为仅次于西塞罗的杰出演说家。公元 143 年曾出任罗马执政官。公
元 138 年由哈德良皇帝（Hadrien，76—138）指定为未来的皇帝马可·奥勒留
（Marc Aurèle，121—180）的老师。——译注（后未特别注明者，均为译注）

我将思辨性修辞称为自哲学发明以来贯穿整个西方历史的反哲学文学传统。我从理论上推定其出现的时间为公元 139 年的罗马。其理论家是弗龙托。

　　弗龙托曾写信告诉马可 ① : "事实证明, 哲学家可以招摇撞骗, 而爱好文学的人则不可。文学就是每一个词语。再者说, 对文学本身的研究也会因'形象'(image)而愈加深入。"这种关于"形象"——马可·奥勒留皇帝在其希腊语文稿中称之为"图像"(icônes), 他的老师弗龙托则常用拉丁语称之为"形象"(images), 偶尔也以哲学希腊

---

① 马可, 指马可·奥勒留, 罗马帝国五贤帝时代的最后一位皇帝 (161—180 年在位), 斯多噶派哲学家, 有以希腊语写成的《沉思录》(*Pensées pour moi-même*) 传世。

语称之为"隐喻"（métaphores）——的艺术既破除了每种语言当中的成规，又使得语言与自然之本质的重新联结成为可能。弗龙托曾经断言，形象的艺术在语言中的作用，庶几可与睡眠在昼夜活动中扮演的角色相媲美。马可则写道，时间中的世界，是被风暴裹挟而去的洪流，它吞噬自己，也吞噬一切。生命之雨终未止。黑夜中万物倾泻。某些幻象的交集便构成了相互应和的形象，即 *schèmata*（图像）。自然本身便是 *schèmata*，是形象。在希腊语中，"采集""聚集""联结"这几个词都写作 *legein*。它们之间的联结便是 *logos*（逻各斯），即"语言"。这种神奇的联结在希腊语中写作 *katadesis*，在拉丁语中写作 *defixio*。*Analysis*（解析）意味着"拆解"（délier）。*Religio*（宗教）则意味着将此种神奇之联结、群体以及一切可联结之物——家族谱系、亲属关系、社会——聚合得天衣无缝。诗，便是相互联结在一起的词语。*Oratio*（演说）则为文学的语言。弗龙托说，哲学家表达的观点犹如在舌尖上发出的"咔哒"声，盖因其不懂得如何以形象去论证"白昼自有光"的道理，而雄辩家则不然：他们从不会去论证，他们只是展示，他们展示的是打开的窗子。他们知道是语言打开了窗子，因为 *oratio* 总是按部就班地为每个时代带去光明，犹如黑夜总是以同样的方式携白昼而至。

＊＊＊

　　词语的选择包括 *optio*（挑选）和 *electio*（拣选）。作
家选择自己的语言，却不受语言的左右。这和孩子不同。
作家不会乞求那些东西来左右自己：他只追求让其解放之
物。他的嘴巴也不再只是纯粹的感官，而是一种崇拜。他
与那些能言善辩的神祇庶几相近：作为 *orationis magistra*
（祈祷教师）的密涅瓦，作为 *nuntiis praeditus*（信息传递者）
的墨丘利，作为 *auctor*（作家）的阿波罗，作为 *cognitor*
（认知者）的利柏尔，还有每一位作为 *vaticinantium incita-*
tores（预言者）的法翁 ①——他们都是话语的王者。

　　弗龙托在写给马可的信中说："*Si studium philosophiae*
in rebus esset solis occupatum, minus mirarer quod tanto opere
verba contemneres."（如果哲学研究只是为了处理某些简单
的事项，那么看你如此小瞧文字，我也就不大惊小怪了。）

---

① 密涅瓦（Minerva），罗马神话的十二主神之一。她是司智慧、战争、月亮和记
　忆的女神，也是手工业者、学生和艺术家的保护神，对应希腊神话中的雅典娜。
　墨丘利（Mercurius），罗马神话的十二主神之一。他是众神的使者，也是畜牧、
　盗贼、商业、交通、旅行和体育之神，对应希腊神话中的赫尔墨斯。利柏尔
　（Liber），又称利柏尔·帕忒耳（Liber Pater），罗马神话中司葡萄栽培与葡萄酒、
　生育和自由之神，也是罗马平民的守护神。法翁（Faunes），罗马神话中的农牧
　神，人身羊足，头上有角。

但哲学家在言说和研究中却忘掉了演说的起源，任由演说的主旨旁落，遮掩并混淆着低语的冲动，而那低语的冲动正是其此后专业化的基础。哲学依"存在者"（étants）而存在，但在其研究中却无法对基础修辞予以考虑、展开和划分，盖因哲学只是其中的一个分支。形象在 litterae（文学）中层出不穷，而哲学家则在 sermo（言辞）中试图将其排斥在外：

犹如你 in natando（游泳时）偏爱 ranam potius quam delphinos aemulari（蛙泳而非蝶泳），哲学不过是 gladio（宝剑）表面的 robignoso（污渍）而已。犹如我不是弗龙托，而是那个车轱辘话说个没完的帝国雄辩家塞内卡[1]。犹如你不是马可·奥勒留，而是尼禄·克劳狄乌斯[2]。犹如你偏好 cotornicum pinnis breviculis（鹌鹑的短翅），而非威风凛凛的 aquila（雄鹰）。你万万不可乐于止战，你要乐于战斗。你要用语言作战，你须日复一日砥砺剑锋，令其寒光四射。

---

① 塞内卡（Sénèque，约前 4—65），罗马帝国时期的哲学家、政治家和剧作家，曾任尼禄皇帝的导师及顾问，后被尼禄逼迫自杀。
② 尼禄·克劳狄乌斯（Nero Claudius，37—68），罗马帝国第五位皇帝，公元 54—68 年在位，以残暴著称。

***

　　早在形而上学出现以前，便已存在着一种思想传统。该传统认为，一切的语言，语言的一切，无论 *stilus*（剑）还是 *pinna*（箭），都属于发掘工具。我从来没有想过要去研究哲学出现以前的那些华丽而古老的文献：不论是梵文的、美索不达米亚的、中国的、埃及的、《圣经》的抑或是前苏格拉底时代的。我试图发掘的西方传统是那种深知其自身便是反对创造哲学的传统，它不仅是反形而上学的，而且是彻头彻尾反哲学的。科尔涅利乌斯·弗龙托当然也并非这一传统的始创者。他只是第一个承认了其思想来自亚特诺多图斯[①]的人——他承认过两次——而亚特诺多图斯也承认自己的思想传承自穆索尼乌斯[②]。但据我所知，我在上面引用的那几段弗龙托的文字却不啻首份讨伐檄文，它清楚地表明存在着一股与哲学传统势不两立的反对力量。它提供了一个更为古老、独立、强劲之潮流存在的现实依据及其不懈的追求，这股潮流在面对希腊人的形而上学以

[①] 亚特诺多图斯（Athenodotus），弗龙托的父亲和老师，生卒年不详。弗龙托在写给马可·奥勒留的一封信中说："我是从我的老师和父亲亚特诺多图斯那里学到如何在自己的脑海中构想并形成对某些事物的表述与形象的。"马可·奥勒留在其《沉思录》中也提到过亚特诺多图斯。

[②] 穆索尼乌斯（Gaius Musonius Rufus，25—95），罗马帝国时期的斯多噶派哲学家。

其形式化及其强制的、理性的、骇人的谱系化方式野蛮扩张，并已蔓延至地中海沿岸各大城邦之际，为文人阶层提供了一个实实在在的选择。我们不需要请教东方，不需要像中国的道教、佛教的禅宗那样去冥思苦想以摆脱希腊人的形而上学困境以及此后的基督教神学和"现代人"的虚无主义；我们也是曾拥有过一种坚忍不拔的传统的，但它被遗忘了，它因其无畏而被边缘化，因其顽强而遭到迫害，而只有这一传统才能引领我们步入自己的传统，它来自时光深处，它先于形而上学，可形而上学自问世伊始便开始排挤它。

＊＊＊

我想到了自己的饥渴：这种饥渴并非那种吃饱喝足一整天不思饮食的饥渴。我读得已然太多，故而不再贪婪；我读得已然太多，于是乎遽然间感到绝望，因为我的思想已超越了各个时代的成规，超越了对一切的蔑视。我也从不认为自己的思想仅仅局限于语言中的词语那种简单的自恋式闪现。语言并不是冷漠的、客观的和工具性的，也不是非历史的或神圣的。我的想法是：思想的饥渴尚未餍足。我认为在意识形态、人道主义和宗教等各种大潮试图遮蔽和掩盖本时代的恐怖呼号之际，对思想的仇恨便开始让思索这一时代的那些头脑感到饥渴。我感到好奇心在我体内奔涌，最终将我引向了那未知之物。

＊＊＊

公元 161 年 3 月 7 日，安敦尼·庇护皇帝 ① 在距罗马十二英里的洛里姆（Lorium）乡间别墅去世。从发病到去世不过三天。台伯河水立刻泛滥了。汹涌的河水冲垮了码头、浮桥、维拉布尔地区 ② 的大片民房和大竞技场 ③。水位的上涨使小麦运输中断，可怕的饥荒随之而来。马可随即接替了安敦尼·庇护的皇位，史称马可·奥勒留·安敦尼皇帝 ④。

公元 121 年 4 月 26 日，马可生于罗马的西里欧山（Caelius）。公元 145 年，他迎娶安敦尼·庇护皇帝的女儿、十三岁的安妮娅·加莱里亚·芙丝汀娜（Annia Galeria Faustina）

---

① 安敦尼·庇护（Antonin le Pieux, 86—161），罗马帝国五贤帝时代的第四位皇帝，公元 138—161 年在位。

② 维拉布尔地区（quartiers du Vélabre），罗马城卡匹托尔山（Capitole）和帕拉蒂尼山（Palatin）之间的谷地，通往台伯河。

③ 大竞技场（Grand Cirque），指古罗马时代的第一个也是最大的一个竞技场——马克西穆斯大竞技场（Circus Maximus），坐落在阿文庭山（Aventin）和帕拉蒂尼山之间，可容纳十五万人，是古罗马时期竞技场建筑的典范。

④ 马可·奥勒留皇帝的正式名号为凯撒·马可·奥勒留·安敦尼·奥古斯都皇帝（Imperator Caesar Marcus Aurelius Antoninus Augustus）。

为妻，并与她生了十三个孩子。公元 180 年 3 月 17 日，他拒绝进食而死。他蒙住自己的头，以免别人看见他的面容。其子康茂德[①]继位。

公元 104 年，马尔库斯·科尔涅利乌斯·弗龙托生于非洲海岸的切尔塔[②]。哈德良治下的 136 年，他在罗马执业律师。安敦尼治下的 143 年，他出任过执政官。公元 160 年底，他死于痛风。大约同一时期，马可·奥勒留开始了其《沉思录》的创作。他丢下妻子和哭喊的孩子们，在卧榻上写作。

***

马可·奥勒留皇帝写道，面包在烘焙过程中因胀裂而形成裂痕，这些裂痕虽出于面包师的掌控之外，却能无端吸引眼球，且较之面包的其他部分更能刺激食欲。他说，面包上的裂痕就仿佛 *chasmata thèriôn*（野兽大张的下颚）。这无疑就是一帧图像。马可·奥勒留在他身后留下的那一整部作品

[①] 康茂德（Commode，161—192），马可·奥勒留的儿子，罗马帝国皇帝，公元 180 年即位，公元 192 年遇刺身亡。

[②] 切尔塔（Cirta），罗马帝国时期北非努米底亚行省（Numidie）的首府，在今阿尔及利亚。

就像是一部图像合集，我们必须从这一角度重新阅读它。这是一部将其自身与深层世界相联结的图像合集，也就是说，这本书联结了支配他的肉体的冲动（l'élan de la *physis*）。这是一份重要的、思辨的、联想的形象列表，这就是说，它与那种愚蠢的斯多噶派哲学 *vade-mecum*（手册）风马牛不相及。自从托克希达（Toxita）重新发现了这些凌乱的、用希腊语写就的手稿以来，人们就声称要认真阅读它。

***

俗话说"他是个文人"，这并非侮辱之辞。这种说法有意义。它指的是一种文人传统，在该传统中，语言文字来自 *littera*（书写）。这便是 *litteratura*（文学）的暴力，这种暴力只是诱导性语言的暴力。对受迫害和边缘化的该文人传统来说，*littera* 就是这个"存在的世界"（l'étant monde）里的"存在的人"（l'étant homme）所特有的工具，而不是这些存在者的特殊性和心理状态，其特殊性和心理状态完全是由支配和区别他们的文学分工（la division des *litterae*）造成的。消费者、屠夫、立法者（nomothète）、博物学家、哲学家和神学家只会去研究那种祭祀语言，只会去研究后神话，只会去研究被事先切分的 *logos*（话语）。他们如此行事，无非是惮于语言的影响罢了。

***

　　语言本身即是探究。在哲学传统中，语言只是一种可以被抛弃或修正的遗存，仿佛它变成了坟墓和符号化的 *sô-ma-sèma*（动物尸体），就像技术，就像艺术。而语言是人类唯一的社会（咿呀学语、梳妆打扮、家庭、谱系、城邦、律法、闲聊、歌曲、见习、经济、神学、历史、爱情、小说），没人能摆脱它。哲学家自打一开始就忽略了 *logos*（语言），这无异于鸟儿的翅膀忽略了空气，无异于畅游的鱼儿忽略了河水，直到离开水面窒息而死，直到被鱼钩甩进温暖而透明的空气中不再动弹、不再鳞片闪亮为止。

　　vestigium（遗存）意味着意义，意味着痕迹，意味着言说者在仓促使用中为意义赋予的信念。但在任何情况下，它都绝不是残存，而是语言中有待探究的肉身。肉身即 *psophos*（声音）。古希腊人是将 *aoidè*（歌声）、*audè*（人声）、动物和人的 *phônè*（声音）以及 *phthoggos*（声响）区分开的。亚里士多德就曾分析过 *psophos*（声音）和 *phônè*（人声），在《论灵魂》（*Peri Psychès*）中他写道："*Sèmantikos gar dè tis psophos estin hè phônè…*（人声是承载意义的声音……）它不是咳嗽。人声是一种没有它生命也可以照样存在的 *psyché*（呼吸）。"他在《诗学》（*Poétique*）中更详

细地解释说，人声是 *metapherein*（承载）某种 *sèma*（符号）的声音。因此，当颞脑发生病变时，声音虽可被迅速感知，却不能再组成词语，于是语言便消失了。所有语言都意味着隐喻、传递和情感。所有语言皆由三种不同的 *metaphora*（隐喻）叠加而成：将 *sèma*（词义）转换为 *psophos*（词音），让 *phônè*（人声）发出的 *psophos*（声音）像 *symbola*（符号）一样在 *pathos*（灵魂的激情）中传递，最终将代表某一事物的词语传递给另一事物。这就是逻各斯所特有的暴力：语言的去语境化暴力。希腊的诡辩家们曾反复申说语言是思想的巫师。罗马的雄辩家们也反复申说语言是 *vates*（百宝箱），是物种的神谕。"生命"（l'être）借助此种隐喻（即传递）而挣脱自身，并将自身传递至"存在"（l'étant）而永不滞留。语言永远不能直接言说。它从无片刻停顿，它自我传递，它自我挣脱，它喷涌，它经过。我们传递的是不可能用面孔表达的话语：启示并不在语言中停滞，它自我传递，自我移动，在遗存中消失，在废墟开裂的石缝间不停逃逸，去除了任何统一化的语境。马可曾经多次引用赫拉克利特[①]的著述。这位以弗所的赫拉克利特在其残简第四十篇中说，"*physin*（自然）喜欢 *kryptesthai*（隐藏）"。在残

---

① 赫拉克利特（Héraclite，约前 540—约前 480），又称"以弗所的赫拉克利特"（Héraclite d'Éphèse），古希腊哲学家，艾菲斯学派的创始人，其作品只留下断简残篇，并因其中的隐喻与悖论而令后世解说纷纭。

简第十六篇中说，"人 *physin*（天生）没有 *alogos*（语言）"。在残简第四十三篇中又说，"语言既不 *legei*（说明），也不 *kryptei*（隐藏），而是显示 *sèmainei*（象征）"。

在残简第十八篇中赫拉克利特还说："人又怎能躲过那 *to mè dynon*（永恒不变）的事物呢？"

***

在古罗马，形象技艺与壁画有关，犹如壁画与死者崇拜有关。人们将泥塑或蜡封的死者头骨放置在中庭的柜橱里，称之为 *imago*（真容）。先父的真容用于哀悼，巫师的真容用于向年轻的猎巫者传艺，师父的真容用于教诲弟子，家中柜橱里的真容用于家族祭祀，壁画则是绘制在地下史前洞穴里的真容，这些都大同小异。

有如犬类以残留气味分辨现场气味一样，人用 *verba*（词语）分辨 *visiones*（幻象）。普鲁塔克[①]说，以弗所的赫拉克利特曾经说过 "*kynes*（狗）对它们无法识别的东西咆

---

① 普鲁塔克（Plutarque，约 46—约 120），古罗马哲学家、传记作家、伦理学家和思想家，原籍希腊，有《希腊罗马名人传》（*Vies parallèles des hommes illustres*）、《道德论丛》（*Moralia*）传世。

哮，而 *psychai*（灵魂）则嗅出了 *Hadès*（不可见之物）"。赫拉克利特使用的"*Hadès*"一词在希腊语里写作 *aidès*，意思是"看不见的东西"，那个地方是"可见之物"的消失之地，是凡人死后的必去之所，而哈德斯^①则是管理死者的神。

公元 2 世纪下半叶，马可皇帝在其统治时期曾有过两次近乎不合时宜的突发奇想，他似乎对远古诸神和死者的 *imagines*（真容）表现出了某种顿悟。公元 167 年在打败伦巴底人^②后，他恢复了古老的七日"神筵"^③仪式：他下令将罗马诸神的图像摆放在卧榻上，邀请他们前来做客，并由帝国的主要公民服侍他们，仿佛这些彩绘和镀金的雕像俨然活人般赴宴了。

公元 175 年，马可的妻子芙丝汀娜在赫拉拉（Halala）

① 哈德斯（Hadès），希腊神话中的冥王，与罗马神话中的普路托（Pluton）相对应。

② 伦巴底人（Langobard），又译伦巴第人或伦巴德人，日耳曼族的一支，起源于斯堪的纳维亚（今瑞典南部），后经四个世纪的民族迁徙，到达并占据了亚平宁半岛北部，曾于公元 568—774 年建立过伦巴底王国。

③ 神筵（les lectisternes），古罗马用语，源自拉丁语"lectisternium"，意为"献给诸神的神圣盛筵"。仪式完全遵循希腊式宴会的规则，诸神的图像被摆放在餐桌周围华丽的卧榻上。

去世，马可随后颁布了一项法令，根据该法令，此后每当他去剧院观赏演出时，都要将代表其妻的一尊金像放在皇后过去常坐的座位上。

弗龙托失去了自己的五位亲人。他给马可写信时仍沉浸在对最小的一个孙子的哀悼中："*Exemplum oris imaginor...*（我想象着他嘴巴的形状……）我觉得我看到了他那张消失的脸；*sonum vocis*（他说话的声音）好像仍在我的灵魂中回荡。我的痛苦在这个延伸的 *picturam*（形象）中得以纾解。但死者的面部轮廓完全 *ignorans*（看不到）。这种 *verisimilem conjecto*（推测的相似性）折磨着我，令我神疲力倦。"

***

弗龙托不断告诫马可：

你要去的是哲学的源头，而不要滞留于哲学本身。在哲学中，你永远不要让自己的节奏和言说的嗓音迷失于哲学那虚伪的、残存的和情绪化的 *psophos*（声音）当中。你要拒绝哲学那种 *sermones gibberosos, retortos*（扭曲的、矫饰的、冗长的发挥）。你要通过选择词语，通过灵魂冲动深处的那种旧时的、古老的新意，将自己托付给对"形象"的研究本身。我不仅希望你掌握 potestas（权力），更希望你成为 in dicendo（言说）的 potentia（强者）。你不要轻视人类的语言。Possis sane non amare.（只可不喜欢它。）你可以像克拉苏①不喜欢笑声那样不喜欢它，可以像克拉苏不喜欢阳光那样不喜欢它，也可以像克拉苏不喜欢田野那样不喜欢它。但仇恨语言对使用语言的人来说全无意义。但愿人类仇恨语言就像庄稼仇恨坡地。

　　权力就是语言。你的力量就在于语言。作为"大地"上的皇帝，你必须是语言的皇帝，这才叫"大地"之主。是语言而非你内在的力量在 per orbem terrae litteras（整个地球表面）不停地传递旨意，是语言在召唤其他民族的王者前来朝拜，是语言在制定律法，是语言在 seditiosos compescere（约束叛乱），是语言在威慑 feroces territare（胆大妄为）。Nimirum quisquam superiorum imperatorum his figurationibus uteretur, quae Graeci schèmata vocant.（此前历任皇帝都未曾用过这些希腊人称为形象的技巧）。

　　弗龙托承认，他的抱负是让马可·奥勒留成为第一位

---

① 克拉苏（Marcus Licinius Crassus，前115—前53），古罗马将军和政治家，在罗马从共和国转变为帝国的过程中发挥了重要作用。克拉苏生前积累了巨额财富，被认为是罗马历史上最富有的人。

这样的皇帝：拥有所有的词语、所有的 *schèmata*（形象）、所有的幻象、所有的 *imagines*（想象）、所有的 *formidines*（恐怖，即用红色羽毛制成的稻草人，用于长矛狩猎）。

In bello ubi opus sit legionem conscribere non tantum voluntarios legimus...（词语是作战的士兵。当你想组建一个军团时，不能只简单地招募志愿者……）罗马皇帝绝不能置身于如斯场景：在坐满了人的元老院里，面对着各位元老，却在舌尖上寻找一个名词，*ut non hiantes oscitantesque expectemus quando verbum ultro in linguam quasi palladium de caelo depluat.*（张口结舌，半张着嘴，期待某个词语像天降钯金一样落在自己的舌尖上。）

***

"*antea gestum, post relatum, aiunt qui tabulas sedulo conficiunt.*"（严谨的书记官都说，成事在先，叙述在后。）希腊人的语言在成为哲学家的语言之前，甚至在伟大的柏拉图时代，最初也都是 *gestum*（行为），是 *gestus*（手势），是一只永远伸出的手。神，世界，帝国，这些都息息相关。文人们不应当认同已成 *in flore*（体系）的语言，甚至不能认同 *in herba*（方言），而应认同 *in germine*（萌芽）中的

语言，认同原始的、萌芽的种子，认同文学，认同语言的
文字和情感的本质，认同文学的东西：

　　你要让发芽的种子使你成为自己生命中的 *praxis*（实
践）。首先是鸟儿的歌唱。那是最初的 *modulatae*（抑扬顿
挫的）声音。此后才有了诱鸟笛的出现，*pastores*（牧人们）
用诱鸟笛作为媒鸟。但牧人的诱鸟笛不应当让我们忘掉春
天里鸟儿的歌唱。卢克莱修在他"即将成为"哲学家、成
为伊壁鸠鲁和德谟克利特①的门徒时并不伟大，他的伟大
之处在于他记住了那些形象，记住了那些牧人的模仿，记
住了那些先于人类的语言。你不能任人夺走赋予你的这些
anima（有活力的东西），你不能让自己陶醉于那些次要而
乏力的声音。

　　必须抛弃哲学，因为它认可对语言的掠夺。

---

① 卢克莱修（Titus Lucretius Carus，约前 99—约前 55），罗马共和国末期的诗人
和哲学家，以哲理长诗《物性论》（*De la nature des choses*）著称于世。伊壁
鸠鲁（Épicure，前 341—前 270），古希腊哲学家，无神论者，伊壁鸠鲁学派
（épicurisme）的创始人，其学说的主要宗旨是要达到不受干扰的宁静状态，并
要学会快乐。德谟克利特（Démocrite d'Abdère，约前 460—约前 370），古希腊
哲学家，原子唯物论的创始人之一。

科尔涅利乌斯·弗龙托写给马可·奥勒留和马可回复弗龙托的所有信件本身都涉及一场危机。它们揭示出马可自 *adolescens*（少年时代）便痴迷哲学。这场危机从弗龙托与马可的另外两位老师——阿波罗尼乌斯（Apollonios）和昆图斯·朱尼厄斯·鲁斯蒂库斯（Quintus Junius Rusti-cus）——开始竞争的那一刻起就异常激烈，其激烈程度不成比例且几乎是过度的。对塞内卡（青年尼禄的导师），科尔涅利乌斯·弗龙托先是把他称作"耍把式的江湖骗子"，后来又骂他是"垃圾"，甚至说"对塞内卡那种 *Sen-ecae mollibus et febriculosis prunuleis*（懦弱、狂躁且言之无物的废话）必须 *radicitus et exradicitus*（斩草除根）"。马尔库斯·科尔涅利乌斯·弗龙托去世后，肉身被火化，遗容用蜡制成了面模，而其愤懑仍在皇帝的灵魂中长久留痕。皇帝继续为故去的弗龙托的 *imago*（真容）供奉奠酒，面对弗龙托的幽灵，从其形象中 *excerpta*（汲取）灵感。这就是那部后来被匪夷所思地称为《沉思录》（*Pensées*）的书。其实，这本书应当叫作《随想录》（*Excerpta*），或者，最好就用皇帝本人使用的那个希腊语单词 *Icônes*（图像）作为书名。

其实，手稿上的标题更谦和，甚至更可信：*Ta eis eauton*（《写给我自己的东西》）。

弗龙托说过，语言必须过关，方能 *audaciter*（勇敢地）面对最难以接受之思想的考验，面对最痛苦甚或最难以逾越之经历所引发的失语症的危险。沿着语言之路前行时，虽然只有 *sipharis et remis tenuisse iter*（双桨和小帆），但若事出意外，则必须有能力展开语言的巨大风帆，将 *lembos*（小艇）、*celocas*（渔船）、哲学、历史、律法、谚语、法令、废话、习俗统统甩在身后。

***

我们置身于光明、空气、水流、大地、植物、动物当中，它们自古便具有奇特的可用性，既受限于时空，也受各自属性的限制。它们没有语言。并非万物皆有其存在的理由，它们不过是语言的结果，且没有自身的目的，只能靠语言支配。

人类社会，其城邦、文化、婚姻规则、语言、技术、征服后的迁徙以及以历史或宗教形式实现的理想目标，都不能断然摆脱自然的给予、物理的条件及其天性。动物早就有自己的繁衍、歌唱、社会交往方式、规则、饰物和迁徙。人类社会摆脱不了这种禀赋，摆脱不了这种以 physis（物理性）为特征的 energeia（能量）。新石器时代晚期的历史，不过是捕食者 akmè（掠夺）的历史（发明战争）并伴之以物资的囤积（发明记账文字）罢了。总之，它摆脱不了生物性的束缚，也摆脱不了某种特殊之尊严的来源。毋宁说，这是一种附加的恐惧（同类间的捕食，物种内的弱肉强食）。我们即使身处恐惧，也没有与大自然决裂；我们只是打破了饥饿（野兽嘴巴的大小）对野兽之凶猛所施加的限制。人类的语言永远是一声呐喊，它源于人类的模仿，并在我们的内心生发激情；作为一种不人道的工具，它随即构成了折磨我们的两种情感，即杀戮和情色，痛苦与欢愉。许多其他种类的动物也都拥有这种让其内心或郁闷或亢奋的工具。狩猎、农耕、战争都是模仿和掠夺的叠加，最终成为"历史"。就原初空间而言，我们已然超越了本源，但它带给我们的巨大动力是一样的：非人的、自然的和给定的。

***

不知是塞尔日·莫斯科维奇还是科尔涅利乌斯·弗龙

托、朗吉努斯、埃克哈特、库萨或维柯 ① 曾经写道："艺术融入存在，作品融入给定。"莎士比亚也写过："模仿自然的艺术属于创造自然的艺术。"

***

从灵长类动物进化到人类并不构成限制。人类无起源。"自然"经由它漫泻而出，有如火山顶上流淌的熔岩。随着时间推移，很多物种同时开始缓慢地蜕变，且在这一过程中发生突变——其中有一个物种，他也像其他所有物种一样，开始寻找自己的猎物，并且发现了一个可怕的方向，即模仿大型食肉动物那样捕食的方向，而他自己也始终警

① 塞尔日·莫斯科维奇（Serge Moscovici，1925—2014），法国社会心理学家，犹太人，原籍罗马尼亚。朗吉努斯（Longin，约205—273），希腊哲学家和修辞家，其作品有残篇传世。埃克哈特（Eckart 或 Eckhart），当指埃克哈特大师（Maître Eckhart，约 1260—1327），德国神秘主义哲学家和神学家，主张上帝与万物融合，人为万物之灵，人性是神性的闪光，人不仅能与万物合一，还能与上帝合一。他是德国新教、浪漫主义、唯心主义、存在主义的思想先驱。库萨（Cusa），又称"库萨的尼古拉"（Nicolas de Cues，1401—1464），本名尼古拉·克雷布斯（Nicolas Krebs），文艺复兴时期的德国天主教神学家，中世纪神秘主义思想家、法学家、天文学家、实验科学家、哲学家、数学家、光学家、古典学家、医师和近视眼镜的发明者，有神学著作《论有学识的无知》（De la docte ignorance）传世。维柯（Giovanni Battista Vico，1668—1744），意大利政治哲学家、修辞家、历史学家和法理学家，被认为是启蒙运动的伟大思想家之一，其最重要的著作是《新科学》（La Science nouvelle）。

惕着那些大型食肉动物，因为它们令他生畏。

人类这个物种没经历过任何突变：他从被视为猎物的物种，一变而成为捕食的物种，恐惧与凶猛同样让他着迷。部落是人类的神话。灵长类动物向来群居。雌兽、幼兽和一只作为首领并承担繁衍责任的雄兽形成了稳定的核心。亚成年雄兽则处于外围边缘。栖息地周围的领地仅限于可以采食的范围，以便于短距离迁徙。外围的年轻雄性群体更多的是围绕其母亲和雌兽的稳定核心而迁移。只要幼兽不在外围边缘，便不会有乱伦发生，而禁止乱伦只是一种推论。同样，它们也被禁止以同样的方式动用家族的附属资源。竞争、边缘、同性性行为、流动、饥饿和掠夺决定了它们的命运。

复原往昔的艺术徒劳无益，难免会遭到嘲笑。与此同时，自身的起源问题却始终困扰着童年时期的人类，甚至也可能存在于孕育反思的反射性思维当中。未曾目睹的场景会时刻萦绕心头。猜想固然疯狂，但也是对自身之疯狂的审视。我们从未经历过自己臆想的与动物王国和自然世界的"脱钩"，因而更执迷于此。

处于外围的雄兽一旦面临被捕食的威胁，便会转向威胁它们的猎物，并与之一同成为捕食的伙伴。一只猎物觊觎另一只猎物，并与其他猎物展开争夺。此即人性的来源：模仿捕食。他一只眼盯着死兽，警惕着身旁循掠食者气味而至的其他哺乳动物，另一只眼则望向天空——那儿还有一只秃鹫。这样，捕食者就变成了一个人、一头狼、一只鹰。

　　塞尔日·莫斯科维奇指出，我们绝不能奢谈什么灵长类动物的"人类化"（hominisation），而只能探讨其中一些灵长类动物的"狩猎化"（cynégétisation）。*Praedatio*（捕食）破坏了采集（在希腊语中称为 *logos*）。毁灭性的狩猎和采集将这种食草的哺乳动物变成了食肉的哺乳动物，他们与猛禽和狼群一起吞食其他大型食肉动物的遗骸。慢慢地，这些古老的食草动物就变成了食尸者，他们把自己改造成了食肉动物。这些转变便是最初的 *metaphora*（隐喻）。人类将自己变成了他们模仿并且吃掉的那些动物：熊、鹿、秃鹫、狼、公牛、猛犸象、野山羊、野牛或前哥伦布时代的美洲狮、美洲虎和大秃鹰。他们将切割并分配肉食动物的肉称为"祭献"（sacrifier）。他们在猎物居住的地方追捕猎物，并在他们追踪的那些动物的栖息地——岩洞、洞穴、平地和沟壑——安顿下来。狩猎成为一种独特的生活方式：那些动物既是模特、形象、竞争者、食物、神祇、服饰、日历，也是呐喊的对象、梦想的主题和儿子们的家，迁移似命运，世界如旅程。在马格德林时期①的洞穴岩壁上，人脸被兽化成熊头、狼头、鹰头或鹿头。侵略性、凶残和战争原来并未在我们的基因中全面展开。这些特征是我们从狩猎中学来的：那是一段漫长的、了解"渐死"（la mort vestigiale）和"必死"（la mort donnée）的过程。在随后的一个阶段又出现了同类相食：那才是顶级的狩猎，也是战争的黎明。所谓某些灵长类动物"成为人"（devenir-homme），其实正是这些原始猎人"成为兽"（devenir-bête）的缓慢过程。

***

非群居的物种很少：水貂、豹、貂、獾，还有我。

***

无论我们把马可的《沉思录》当作什么读物来读，无

---

① 马格德林时期（Magdalénien），指欧洲旧石器时代晚期，距今 1.7 万—1.15 万年，因最早发现于法国西南部多尔多涅省（Dordogne）蒂尔萨克（Tursac）附近的拉马德莱纳史前遗址（site préhistorique de la Madeleine）而得名。与马格德林文化遗物伴生的人类化石属于晚期智人。

论是把它当作调查图集还是通用魔法图集来读，它都已然成为古罗马文化馈赠给我们的最深刻的文本之一，即便其私密性、细致性、教育性、学术性也莫不如此。在神秘性和强度上堪与达马斯丘的《巴门尼德传》或高尔吉亚留存下来的三大 *Logos*（命题）相媲美[①]。在《沉思录》中，那种矛盾的、繁冗的、精神错乱的特征令哲学家大为惊诧：其论题并不统一，也并非经过精心演绎和编排，但即便不合理，至少也有其意义，它们构成了一个体系，或更确切地说，构成了一个告白者的心路历程。其中都是一些灵验的形象，是他根据每天的处境而施展的魔法将这些论题联系在了一起。也唯有上好的丝线才能把这些论题联结起来。

一天，马可写信给弗龙托，说他的幺女多米蒂娅·芙丝汀娜得了 *alvi fluxus*（腹泻症），低烧，还伴有微咳。弗

---

① 巴门尼德（Parménide d'Élée，约前515—约前450），古希腊哲学家，最重要的"前苏格拉底"哲学家之一，主要著作是以韵文写成的《论自然》（*De la Nature*），如今只剩下断简残篇。他认为"真实"变动不居，世间的一切变化都是幻象，因此人不可凭感官来认识真实。高尔吉亚（Gorgias），又称"伦蒂尼的高尔吉亚"（Gorgias de Léontium，约前487—前376），古希腊诡辩学派（Sophiste）学者、前苏格拉底哲学家和修辞家。他反对巴门尼德的"存在"理论，在其《论自然与不存在》（*De la nature ou Traité sur le non-être*）的断简残篇中提出了著名的"高尔吉亚三大命题"：一、无物存在；二、即使有物存在，也无法把握；三、即使可以把握，也无法表述和言说。这是西方哲学史上怀疑论对本体论的第一次重大打击。

龙托突然对这种让 *infans*（童年）的小公主说不出话的 *tus-sicula*（微咳）有了一种不祥的 *consternatus*（预感）。他试图将自己感受到的 *pavor*（恐惧）形象化，以便让马可摆脱恐惧，重塑痊愈的希望。他的语言里满是感伤："*Equidem ego quid mihi legenti letteras tuas subvenerit, scio; qua vero id ratione evenerit, nescio.*"（读你的来信时，我很清楚自己的感受，却不知这感受从何而来。）于是，弗龙托在这封信里第一次提到了他的老师，那位形象理论（théorie des imagines）之父、那位真正的形象集成理论家——希腊语写作 *logos* des icônes（形象的语言）——的名字：

Ego, qui a meo magistro et parente Athenodoto ad exempla et imagines quasdam rerum, quas ille eikonas *appellabat...*（我是从我的老师和父亲亚特诺多图斯那里学到如何在自己的脑海中构想并形成对某些事物的表述与形象的，他本人用希腊语称之为图形……）我觉得还可以称之为隐喻，即把代表某一对象的形象传递至另一形象，使其更为轻盈且视觉效果倍增，却又不那么突兀。在语言的帮助下，这种 *translatio*（传递）就像那些负重的人：它们把担子 *in sinistrum ab dextero umero*（从右肩挪到左肩）时所发生的改变 *translatio videatur etiam relevatio*（就类似于一种纾解）。

从孩子的一声咳嗽到肩上的一副重担，语言的形象在情感和恐惧中交织，这些形象化解了弗龙托在得知小公主因 *tussicula*（微咳）而语塞时感受到的那种糟糕的 *pathos*（感伤）。*translatio*（传递）则改变了肩膀的负重。*metaphora*（隐喻）虽不能治本，却也能减轻症状：这就是一种 *relevatio*（解脱）。且已然是一次文艺复兴。

***

科尔涅利乌斯·弗龙托和马可之间留存下来的大部分信件都在探寻着可能的形象和可能的情感，他们艰苦地探索着隐喻以赞美当时在位的老皇帝安敦尼，这些作品最终变成了图像列表。在写给弗龙托的一封信中，马可·奥勒留写道："*Ego quoque hodie a septima in lectulo nonnihil legi. Nam eikonas decem ferme expedivi...*"（我今天读得已经不少了；七个小时以来我一直待在卧榻上；我几乎完成了十幅图像。我还在第九幅上下功夫……）

而弗龙托也总是以最熟练、最令人不安、最经济、最耀眼、最简短的形象来回应他。

同样多的岁月，就会有同样多的 *imagines*（真容，即灵魂中庭里的死者头骨）。这种关于时间、关于地点、关于权力、关于年迈的安敦尼、关于死亡的佛教式苦修，都属于一场近乎传奇的脑力训练。弗龙托曾以这种方式批评过西塞罗的写作方法：

西塞罗的文章缺少那种 *insperata adque inopinata verba*（语出惊人）。这种我称之为"语出惊人"的词语是最能打动读者或听众的，因为这种词语一出现，便超越了 *praeter spem*（希望），而少了这种词语则会满盘皆输；这样的词语莅临，就像祖先的真容出现；这样的词语崛起，便如同睡梦中显现的 *imago*（意象）。

一位"圣师"① 由此现身，向我们蹒跚而来。

***

人类各族群总是想不断强化其人性的一面，却罔顾自

① 圣师（Père），此处借用了基督教会的一个专有名词"教会圣师"（Pères de l'Église），指的是基督教早期那些为基督教会留下重要著作或史料、对后世基督教会产生过重大影响的主教、神学家、历史学家、思想家和演说家等，他们被教会尊称为"圣师"。

身的由来与天性。各民族的语言和各地的民众总希望能编织出一层面纱，创建出一种秩序，以此将自身与自己的毛皮、自己的犬齿、自己的生殖器官、自己的兽性繁殖方式（绝非具体的繁殖方式）、自己的嘶哑叫声和那些腐烂的尸体区别开来，而那些尸体与其他哺乳动物的尸体一样，同样能激发猛禽和食肉哺乳动物的食欲，就像它们杀死其他猎物并任其腐烂一样。社会的纽带即建立在这样一种排斥他者的基础之上，殊不知我们即来自他者，却不愿来自他者，而他者根本就不是他者，却被控根本不是人，就像人类自身一样。

与自然的殊死搏斗破坏了自然的神秘力量——它像控制奶牛的乳汁一样控制着水，像控制狼群里的狗一样控制着火，像控制蜂巢里的蜜一样控制着水的力量和风的暴力。但海洋、河流、蜜蜂、狼群或狂风虽在捕食过程中被实际损耗，却从未以自己的本来面目示人。

在狂躁与天风之间，深渊形成了。在峰巅之上，在电流与河源之间，深渊形成了。在语言与声音之间，深渊形成了，它变成了划分快乐宇宙和痛苦宇宙的工具。*litteratura*（文学）化为 *litterae*（文字）的原子关注点。文学就是这样一种从传统向其生物学基础的溯源，因为那基础的文字从未散佚。文学就是这样一种面对深渊的不竭呼唤而开放的聆听——那遥远的呼唤从深渊中传出，而其渊薮与下游岸边愈益茂盛的似锦繁花之间，鸿沟却在不断扩大。

***

漫长的岁月里，人类创造了自己的社会和自己的思想，却从未揭示过自己在数千年时间里经历的蜕变，当时，他们所处的 *physis*（物理状态）堪称一片混沌。按照习惯的说法，三百五十万年前，动物出现，然后是四万年的"史前"时期，然后是九千年的人类"历史"。我们如此缓慢演进成的那个东西每天都在失去我们自己。每日的浑浑噩噩、精打细算、渴求了解就是我们如今的生活。我们何曾有一天离开过森林。何曾有一天离开过采摘。何曾有一天没想过狩猎，或使用弓箭，或驯养猎犬，或创造家庭、艺术、死亡。人类的首要命运并非如理智和现代理性让后人相信的那样与自然斗争。我们开始对野兽着迷。我们模仿它们的叫声，为的却是杀死它们。荷马笔下的塞壬们[①] 长着秃鹫的翅膀，统治着片片白骨。

[①] 塞壬（Sirène），又称美人鱼，是希腊神话中长着美女面孔和鸟身的海妖，拥有美丽的歌喉，常用歌声诱惑过往的航海者而使航船触礁沉没。

大约五十万年前，人属①统一。简单地说，人类的繁衍与捕食有关，因为当时人类的捕食已经与追踪猎物及其迁徙密不可分。猎物迁徙，人类开始扩张。大约一万两千年前，冰川开始融化。九千年前，最后一批猎人发明了弓箭，狗也由最后一批猎人所驯化（新石器时代前的第一次驯化）。狩猎术与猎隼出现了。到了第七个千年，头骨崇拜在近东出现：在恰塔霍裕克②，人们切下死者的头颅，安放在活人的 *domus*（住所）里，身体的其他部分则像烟或祭祀过的祭品和剩下的饭食一样，供天上的秃鹫享用。大约六千年前，陶器发明了：最早的陶制母神像上，其双乳间便藏有秃鹫的喙。大约四千年前，海平面上升到今天的水平（冰河期时的海平面是负一百三十米）。冰川动物要么灭绝，要么北迁。若不是缓慢而震撼人心的大洪水抬高

① 人属（Homo），人亚科下的一属，共十七种，其中十六种已经灭绝，现仅存一种，即智人（Homo sapiens），其形态特征比直立人更为进步。分为早期和晚期智人。早期智人过去曾叫"古人"，主要特征是脑容量大（1300毫升以上）；眉嵴发达，前额较倾斜，枕部突出，鼻部宽扁，颌部前突。晚期智人过去曾叫"新人"，是解剖结构上的现代人。两者形态上的主要差别在于前部牙齿和面部减小，眉嵴减弱，颅高增大，到现代人则更加明显。在晚期智人阶段，人种形成。直立步行，臂不过膝，体毛退化，手足分工，下颌骨浅且粗壮，大脑极为发达，有语言和劳动，有社会性和阶级性。分布于世界所有大洲，早期类型仅分布于亚洲、非洲和欧洲的温暖地区。

② 恰塔霍裕克（Çatalhöyük），新石器时期的人类定居点，位于今土耳其中部安纳托利亚高原南部，是迄今所知世界上最早的部落遗址。考古学家在此发现了用类人猿骨雕成的小雕像，距今约8500—8300年。

了海平面并分隔了各个大陆，无此经历的"西方人"恐怕早就忘掉了猛犸、驯鹿、悬崖和冰雪为何物。海洋停止了上涨。森林里的动物成倍增加。我们武断地将史前和上古的分期设定在三千五百年前。在这段历史时期，马被驯化了：马文化出现了，马不再作为食物，其驯化标志着新石器时代的结束。车轮的发明可以追溯到第四个千年。文字的发明可以追溯到约三千三百年前的美索不达米亚和约三千一百年前的埃及。运输、战争和"历史"取代了城邦、文字和猪。从第三个千年开始，战争（人类对人类的猎杀）突然蔓延开来。

***

"世界是深渊的驿站"。"驿站"一词在拉丁语中写作 *Deversorium*，即途中休憩之所。马可修改了这一意象："世界是一座城市，各民族都只是在此安家。宁静的星辰是永恒的风暴。"

马可像所有罗马人一样，相信那唯一的源头，相信那唯一的迷人喷涌，即 *physis*（物理学）；那源头之水喷涌着，泼洒着；那喷涌是多重的，诸神只是其中的水滴和种子。马可从弗龙托那里学来的那些古老定义并不符合某种美学，而是一种政治偏见，但从这位皇帝的某些文字中可以肯定，他完全意识到了这种偏见：灵魂犹如人类的语言一样古老，同样，社会的基础也不会随时光的推移从一场又一场大屠杀中解放出来，从远古人类的捕食中解放出来（就像他从面包的裂痕中看到野生动物大张的下颚一样）。

＊＊＊

有关野兽和面包裂痕的那段文字，提出了一个比我所说的更难解释的谜题。在人们口中，图像并非一件得心应手的武器：

面包烘焙时，有些地方会裂开，而这些 *diechonta*（裂痕）不在面包师的技艺掌控之内。*Syka ôraiotata*（无花果熟透了）就会裂口，橄榄临近腐烂了便会闪光。*To episkynion tou leontos*（狮子的面容）、*gerontos*（老者）的头、*o tôn syôn ek tou stomatos rheôn aphros*（野猪口鼻处淌出的涎沫）远非美丽，却别具 *psychagôgei*（吸引力）。

这段文字很怪。仿佛马可想到了食尸猎手正在跟踪野兽：他追踪着脚印和痕迹，窥伺着将死之猎物的解脱。死亡的临近产生了食欲和美感。其中有一种沉思超越了语言，似乎自然正在其自身的沉默中、在其自身的极点上提供着成熟，提供着腐烂，亦即提供着腐尸。马可说，"美"区分为"适宜"（tempestif）与"不宜"（intempestif）。对老者的头来说，死亡就像熟透了的无花果的裂口，像面包上的裂痕，像野兽——野猪呀，狮子呀——张开的大嘴，是适宜的、诱人的。这一无标识之美是一种 hôra（欢乐），有季节的属性。它是一种 akmè（成熟），一种时光自身的成熟，一种 tempestas（气候）。这一偶然的吸引力组合起了 sordidissima（污秽）与 tempestivitas（时机）。此前一个半世纪，阿尔布修斯·西卢斯[①]也曾做过类似的分析，分析是什么在情感上颠覆了我们的欲望。令人感动的污秽与美丽和神圣结为一体：这便是自然所特有的痕迹。死亡首先是一种解脱，它激发了饥饿感。自然的偶然让人类想起了自身天性的偶然，想起了令人兴奋的猎物碎屑和肉的味道：野兽张开的下颚。死亡如同某种古老、凶残之生命的充满激情的证人。死亡犹如野兽。

***

"*Exô tou kosmou to apothanon ou piptei.*"（死去之物不

---

① 阿尔布修斯·西卢斯（Albucius Silus，前 60—10），古罗马拉丁语作家。

曾掉到宇宙之外。)原因很简单:它掉进了野兽的口里。
《沉思录》分为十二卷,目标只有一个:通过独立的判断,掌控役使人类的那个东西(语言),形象的喷涌,生命能量的发酵,普世 *conatus*(伦理)的凝聚以及感恩清单:感恩根源、种子、父母、老师、形象(图像)和诸神。

马可·奥勒留的这十二卷作品把"自然"同时定义为 *universitas*(宇宙)和 *metamorphôsis*(变化)。对 *physis*(物理学)来说,最重要的是动荡的 *metabolè*(转化)。"一切",是带走一切的风暴 *cheimarros*(洪流),那风暴越来越大,自身也被裹挟而去:这就是创造者在创造中应坚持的方式。"赫拉克利特说,*Pantes est hen apotelesma synergoumen.*(我们为完成一项独特的工作而合作。)即便那些怠工者也在为世上发生的一切而工作和 *synergous*(合作)。人就像 *è hèlios è anemos è thèrion*(太阳、风或野兽)一样,具有 *adiaphoros*(惰性)。"

《沉思录》中的每个句子都在编织着陷阱,诱使生命坠入网里。首先是一些简单的 *imagines*(想象):

飞升的 *to pyr anôpheres*(火焰)追寻着太阳,有如溪流穿过森林和田野去追寻大海。大海就是条条小溪。太阳就是火焰的巢穴，正如城邦就是人类的蜂巢。

随后，形象变得越来越密集，乃至从省略中汲取其自身的张力，*metaphora*（隐喻）形成了两种力量的短路：

È Asia, è Eurôpa, gôniai tou kosmou.（亚细亚、欧罗巴：世界的一隅。）

阿索斯山①：大地上的一块泥土。

全部的现时：一个点。

一切皆 *Panta mikra*（微小）。

狮子 *to chasma tou leontos*（张开的大口）、*akantha*（荆棘）和 *borboros*（烂泥）都是"神"（Dieu）的产物。

Kosmos（宇宙）是什么：

对小孩子来说，*sphairion*（球）是个好东西。自然的所作所为就像一个 *ôs o anaballôn tèn sphairian*（投球手）。*Pompholyx*（水泡）破了，又有什么痛苦？

这条 *sikyos*（黄瓜）苦，那就扔掉它。路上有 *batoi*（荆

---

① 阿索斯山（Athos），希腊地名，位于希腊北部马其顿，是一座半岛山，后成为东正教圣地，1988 年被列入世界遗产名录。

棘），那就避开它。不用再问：世上为何会有这种东西？你如果在 *tektonos*（木匠）或 *skyteôs*（鞋匠）的铺子里看到了 *xesmata*（刨花）或 *peritmèmata*（皮子边角料）散落在地就说东道西，他们会笑话你的。

憎恨战争或厌恶死亡，犹如人坐在 *pègè diaugei kai glykeia*（清澈甘冽的泉水）旁 *blasphèmoiè*（诅咒）泉水。

死亡就像长牙齿、长胡须、长 *polias*（白发）和女人怀孕生子一样，是很自然的事情。

＊＊＊

暮年时，马可重温弗龙托的教诲："你要热爱那些你正在回归的东西。不要像回归学校 *paidagôgon*（教师）那样回归哲学，而要像 *ophthalmiôntes*（眼睛酸痛）的人那样用一点儿 *pros to spongarion kai to ôon*（海绵和蛋清）。哲学就是这样的一帖 *kataplasma*（膏药）。"

因此，正如这位皇帝的所有读者都能理解的那样，《沉思录》绝不是一份陈词滥调的清单，它三分之一属于伊壁鸠鲁和卢克莱修，三分之二属于斯多噶派和爱比克泰德 ①。这位皇帝之所以爱读卢克莱修、爱比克泰德或赫拉克利特，是因为 "形象"（images）在他们的作品中最为丰富。所有那些作品（包括他们几位的作品）中，强大的 "图像"（icônes）被发掘出来。目的只有一个：赏心悦目的 *metaphora*（隐喻）。有如旧石器时代的人类切开死者的头颅，只是为了能吮吸脑浆，汲取力量。也就是说，汲取祖先的力量。祖先的血统构成了其后裔一连串的 *Imagines*（想象）。死者的头以泥塑或蜡封形式制成面模，顺序放置在中庭的柜橱中，祭祀时取出。它们出现在盛大的仪式上。出现在圆形剧场的演出中。人们在痛苦的打击下向它们祈求救赎。

***

这是一位做了皇帝的小说家："看看他们 *esthiontes*（吃饭）时是什么样子吧。看看他们 *katheudontes*（睡觉）时是

---

① 爱比克泰德（Épictète，约 55—约 135），古罗马新斯多噶派哲学家，相传是奴隶出身，早年在罗马生活和讲学，后被逐出罗马，终生在希腊西北部的尼科波利斯（Nicopolis）写作和讲学，直至去世。他的学生阿利安（Arrien）根据课堂笔记编纂了他的《语录》（*Entretiens*）和《手册》（*Manuel*），从而保留下了他的思想。爱比克泰德的学说对马可·奥勒留有很大影响。

什么样子吧。看看他们 *ocheuontes*（做爱）时是什么样子吧。看看他们 *apopatountes*（如厕）时是什么样子吧。想象吧。发挥你的想象吧。混淆你的身份吧。以死者的身份扮演一下生者的角色吧。然后你就会有这样的想法：

Pou oun ekeinoi?（那么，他们都在哪儿？）

然后你再回答：

Oudamouè hopoudè.（无所不在，又无所适从。）

***

实际上，的确有这样一部关于思辨性修辞的重要作品流传下来，它比弗龙托向哲学发出的那篇讨伐檄文更古老：其间相隔了一个世纪。这就是伪朗吉努斯的《论崇高》①。

———————————

① 《论崇高》（*Traité du sublime*）是罗马帝国时期流传下来的一部书信体文艺理论著作，通篇以古希腊语写就，从修辞学和诗学的角度论证"崇高"问题，认为崇高是体现"崇高的灵魂"和"思想的庄严伟大"的"一种高妙的措辞"，但与后来美学上的"崇高"范畴并不完全等同。这封信作为研究古希腊-罗马文艺思想的重要文献，在西方美学史上占有重要地位。伪朗吉努斯（pseudo-Longin）是现代人给一位生活在公元1—3世纪的不知名的希腊作家，《论崇高》的真正作者所起的名字。该作品长期被归于希腊哲学家、修辞家朗吉努斯名下。

"伪朗吉努斯"这个传统的说法既让人质疑作者的身份，怀疑是否真有其人，又令人怀疑作品有杜撰伪造之嫌，所以我建议，我们还是把这位希腊作家称为"朗吉诺斯"（Logginos 或 Loggin）为好，正是他在提比略①统治时期写下了这封信，并寄给了友人波斯图米乌斯·特伦提亚努斯（Postumius Terentianus）。亚特诺多图斯和穆索尼乌斯没有任何作品流传下来。朗吉诺斯这篇文论的其余部分也非常不完整，故其思想的反哲学立场远不如弗龙托那样明确和坚定。但就古代文学而言，这篇震撼人心的文论堪与日本能剧大师世阿弥②的戏剧秘传书或兼好法师③的佛教文学典籍相提并论。

这是一篇关于语言所特有的 tunos（音调）、张力、intonatio（笔调）、声音和 energeia（能量）的文论，也是对人类经验的深度及其上下限（崇高或污秽）的探索。《论崇

---

① 提比略（Tibère，前 42—37），罗马帝国的第二任皇帝，公元 14—37 年在位。

② 世阿弥（Zéami Motokiyo, 1363—1443），原名结崎元清（Kanze Motokiyo），日本室町时代早期的能剧（nô japonais）艺术家、戏剧理论家和谣曲（"能"的词章）作者，有《世阿弥十六部集》（*La Tradition secrète du nô*）传世，阐述了能乐的艺术论、演技论和创作论等，确立了能剧的基本理论。

③ 兼好法师（l'abbé Kenkô），即吉田兼好（Yoshida Kenkô, 1283—1352），日本镰仓末、南北朝时期的歌人、随笔家和遁世者，精通儒、佛、老庄之学，有文学随笔集《徒然草》（*Les Heures oisives*）传世。

高》还是一部关于"图像"（icônes）的文集，它汇集了语言的每一座"顶峰"："hypsos（崇高）是语言 akrotès（最高的）顶点。"

在被视为最高艺术的文学创作中，这是一部伟大而内容丰富的书。physis（物理学）一旦化作声音，便再无极限。在先天的才能和后天的激情之间，在作家的天赋和语言的技巧之间，在生命的赠与和悖论与形象的探索之间是没有国界的。崇高并不要求听众 pistis（信服），而是引导他们 ektasis（振奋）。伟大的诗人或散文家寻求的正是迷人的话语。顶级语言激起的是 thauma（震撼）和 ekstasis（狂喜），并赋予思想以光的质感。"当 technè（艺术）看似化作 physis（自然）时，它便成功了；反过来说，当自然将艺术 lanthanousan（涵盖于）自身且不为人所知时，它便也达到了自己的目的。这一点 kyriôtaton（至为重要），艺术深知语言的某些独特的特征，而这些特征的唯一基础便是自然。"顶级语言为进入其原发之渊薮提供了通道。此地聚集着猛禽的巢穴和野兽的洞窟。这样一部产生于另一时代的文学作品，其话语本身却活在当下。这位文人的话语不是写于当代，而是写于过去，但却面向未来。这是一位勇士，一位独创者，一位挑战者：无论在他施放的魔法上，还是在他对未来出生的作家发起的挑战中，他都在与已故的作家竞争，与人杰竞争，与话语的未来竞争。他是一个节点，一个 *logos*（标志），一种 *nexum*（联结），一个咒语，一种 *defixio*（修正），一种 *ligatura*（合体）。*Mimèsis*（模仿）或钦敬，这二者都具有让自己接受他者之行为——兽类的行为、群山的行为、山巅的行为、秃鹰的行为——支配的含义，是一种比其表征本身更为古老的捕食行为。日常的话语犹如衣物遮体，而文学的语言则赤裸裸乃至令人生畏。赤裸裸的语言便是朗吉诺斯所说的崇高。拉丁语将希腊语的 *hypsos*（崇高）一词译为 *sublimis* 并不准确。希腊语中的 *Hypsi*（崇高）是高高在上，是一望无际的大海，是显赫而突出，与在下面、在远处的我们形成对比。崇高乃凸起之物，是雄性欲望中那勃起和伸展之物。"普纽玛"[①] 的 *tonos*（音调）必须重获这种张力。这才是文学作品的基调。朗吉诺斯曾以神秘的方式写道，狄摩西尼[②]风格的首要品质之一便是 *agchistrophon*（快速而猛烈的抽动），是语句主体迅捷地旋转。同样，在罗马世界，风格的力量也被描述为一种不可遏制的喷射，其中，*pathos*（伤感）以洪流为标志，*pneuma*（普纽玛）则以巫师疯狂而旋转的灵感为标志。这种力量与自然本身的暴力有关。文学的反常性状、

---

① 普纽玛（pneuma），希腊语音译，本义为气息，斯多噶派哲学以此语指代作为万物本原的、火焰般的"气"。

② 狄摩西尼（Démosthène，前384—前322），古希腊著名演说家和政治家。

其物理特征以及不同寻常的面孔皆由此而来，朗吉诺斯写道："我们始终都会欣赏的正是这种意想不到的 *paradoxon*（悖论）。"

文学是反伦理的。它是有效且持续的悲情，是对自身材料的提取，是语言的例外，是源头动力的重生。在崇高的语言中，历史本身可能会因骇怪而短路；所谓赤裸裸的语言，便是那种能产生 *tou pantos aiônos axion*（无愧于任何时代之愿景）的语言。这就是为什么没有一种 *metaphora*（隐喻）不是 *paradoxon*（悖论）的原因。所以说，*litteratura*（文学）思考的其实就是文本，较之其他思考，它对文本的思考更多，只要其语言赤裸，只要这种赤裸能切实地喷射，也就是说，只要能在它此前的冲动元素中重拾自身。

有一种思想的暴力是语言的暴力、想象的暴力、自然的暴力。这就是朗吉诺斯反复言说的伟大的艺术、伟大的艺术游戏，而这一意象是他从伦蒂尼的高尔吉亚那里学来的。

***

我穿墙而过。暂时摆脱了西方修辞家的传统。朗吉诺斯关于狄摩西尼"快速而猛烈的抽动"那个句子，让我想起了弗朗索瓦·朱利安^①曾经提到的王昌龄十七首 *che*（诗）中的一首。王昌龄是生活在 8 世纪的中国诗人。他在第十四首诗中定义了"对踵"（le contre-pied）。当然，快速而猛烈抽动的效果不同于对踵，王昌龄注意到他突然打乱了对踵。但朗吉诺斯和王昌龄思考的角度却出奇地相似。诗的 *schèmata*（意象）本身并没有什么价值。朗吉诺斯认为，修辞形象本身不说明任何问题，毋宁说它们是流量的加速器，是通道或装置，它们加快了语言的流动，将其提升至山巅，或将其推落进深渊。面对这种构成一切的 *energeia*（能量），"书写"渴望成为语言、出生和生命的等价物。朗吉诺斯这篇非凡的文论就像思辨修辞家使用的悖论，其目的在于增强语言的侵入性。

1885 年，儒勒·格雷维^②政府在当年学年结束时取消了修辞学课程；他决定实施普遍的控制。

---

① 弗朗索瓦·朱利安（François Jullien，1951—），法国哲学家、古希腊学家和汉学家。

② 儒勒·格雷维（Jules Grévy，1807—1891），法国共和派政治家，1879—1887 年任法兰西第三共和国总统。

***

　　古代中国人认为，小说不宜以第一人称展开叙事（再说，那也是故事形式的特点，即个人化和人性化的特点），因为小说是一条龙。不能让读者以为他读到的就能遇得到。小说叙事一旦屈从于合理的观念，便会失去其不可预测性。一旦失去不可预测性，便会失去其自身暴力产生的冲击。一旦失去神秘性，便也失去了其自身的魅力。第一人称无非是一条安憩和蜷缩着的男根。（古罗马人也有类似的说法，称勃起的男根是神，而其拥有者在男根勃起的那一刻已不再是其自己。）这条男根固然令人兴奋，却不能让作为配偶的读者神魂颠倒。为了使阅读文本的乐趣保持其不可预测性，就绝不能让读者知道欲望何来。这欲望不能说"我"，也不能有模有样；它只能是欲望，是勃起。是被施以魅力的法西努斯 ①。

　　对古代中国人来说，小说也是一只古兽：龙。

　　根据罗马人、希腊人、中国人的信仰，文学是作为喷射之武器而被构思的语言。

----

① 法西努斯（Fascinus），罗马神话中的生育之神，主管勃起和辟邪，其形象为长着翅膀的男根。

***

人类的发明就是模仿大型食肉动物的捕食行为。这项发明不叫欢笑、语言、抓握、直立、死亡。它叫狩猎。"张弓"的意思就是用力将弓背和弓弦向后拉弯，使其 *tonos*（张力）成为箭羽的推进器。旧石器时代的猎人在发明弓的同时，也用一根单独的弦（音乐）发明了死亡之声，也就是说，发明了一种适合猎物的语言。

***

阅读，意味着用跨越数个世纪的眼睛去寻觅那唯一一支从时代深处射出的箭羽。

***

出生是哭喊中大气的奔涌。这个源头永远横亘常新。源头不识时间，正如"性"在更新那源头的拥抱中不知道时间一样。已获得的知识和形式随即过时；它们是死者的形象。从源头流淌之物，不论是否已过千年，都假定离其源头很近。艺术不识衰落。它只识得峰巅。它识得一代一代奇怪的剪影。这些被称为"时代"的剪影继承了死去的语言，就像每个出生的孩子都会让自己的外曾祖父入土为安一样。

***

人的生命依赖于语言，犹如箭羽依赖于风。

语言的形象如同阵风，如同永不凝滞的潜力，如同海洋和波浪的 *rhythmos*（节奏），如同激流，这些都能在弗龙托、马可和朗吉诺斯的文字中找到。它们都同样是爆发的象征，同样是无穷无尽的张力。

这张弓的张力，叫作"时间"。

中国古代的孟子曾在公元前 3 世纪初说过："君子不爱财，唯以文道自娱。故其不受无视他们的权力制约，而像自然那样创作。"①

---

① 此处疑似杜撰，《孟子》中并无此段话。

***

在朗吉诺斯看来，美文爱好者追求的是致命的眩晕感。他们所要寻求的不是崇高、高度和卓越，不是山峰、激流、海洋和深渊；他们心中追求的当属"险峻"（l'à-pic）。朗吉诺斯研究的正是这种险峻的风格：打破作为其起源之 *legein*（言说）的 *logos*（语言）[①]。语言是符号，这与语言学完全不同，而语言也不可能在不迷失的情况下回溯到语言学。风格与既言之言的形式无关，也与其展示的浮夸或肮脏的内容无关，只与在构思快乐和痛苦的过程中代入的"前语言之能量"（l'énergie prélinguistique）有关。公孙龙说过："物莫非指，而指非指。"[②] 随即，这句赤裸裸的话语便堂而皇之地屹立于他为语言效果而开启的深渊之沉默上了。

***

何谓"险峻"？肉身的生命从我们的欢愉中获取了唯

---

① 古希腊语中的"legein"有多重意思，既有语言、说明、尺度之蕴，又有理性、法则之意。"logos"一词即起源于"legein"。

② 见《公孙龙子·指物论》，大意是，物无一不是由物的属性来表现的，但由物的属性所表现的物并不等同于物本身。

一可与其出生相媲美的可怕而模糊的哭喊。孕育和出生时的哭喊远比死亡时的喘息更响亮、更真实。

如果语言有语义功能，那就是幸福的声音，其来源是欢愉带来的哭喊。

这一永存的哭喊，便是人类语言所特有的 *psophos*（声音）。

***

所有人类的语言，都不过是欲望沉默后的淤积。

如果我们读的是弗龙托的文字，那口中喷射而出的语言就像是 *fascinus*（男根）末端喷射而出的精液。

如果我们相信马可的说法，时光就像是星辰之虚空中滴落的血。

***

正如人类之爱有其形象，人类的语言也有其 *imago*（意象），有其 *prosôpa*（面孔），有其凸起物，它们冲击和撕裂着语言本身。朗吉诺斯建议修辞家可以用连词省略（les asyndètes）和首语重复法（les anaphores）来表示所有连接的中断。赤裸而无序的语言会扰乱寻觅中的思绪，而连词则会阻碍冲动甚或化解冲动的喷射。physis（大自然）赋予我们生命，为的是让生命升华而非弱化生命，为的是给冲动增加动力，为的是激发 kosmos（宇宙）的雄起。

伟大的自然便是艺术的本质。人眼所见的欠缺，在它眼中并非如此。朗吉诺斯明确地写道：

Physei de logikon ho anthrôpos, kapi men andriantôn zèteitai to homoion anthrôpô, epi de tou logou to hyperairon ta anthrôpina.（人天生即为语言而生。在雕像中，我们寻求的是与人相似；在语言中，我们寻求的是与超越人类之物相似。）

俗话说，"这女人，这东西，这件事发生的时刻可真是绝了"，这个"绝了"，可谓希腊语 hypsos（崇高）一词的最佳翻译，比拉丁语译成 sublimis 要好得多。"绝了"，就是"险峻"（l'à-pic），就是 kairos（关键时刻）。"险峻"犹如人的脚下敞开的深渊，犹如头顶上突兀高悬的峭壁。人类逃离深渊。唯有语言又将人类带回深渊。此即为何世上各个时代的"险峻"都如此罕见的原因。朗吉诺斯又继续写道：*"Tosautè gonôn kosmikè tis epeichei ton bion aphoria."*（唯有扼杀生命的普遍不育才如此伟大。）我们必须选择，并将我们的种子——要么就叫作我们的废料、我们的罪行、我们的语言——视为不朽，也就是说，视为人类的失败之巅（《论崇高》第四十四节第八条）。

还可以叫作沉默，也就是说，是语言在每一波浪涛背后敞开的深渊。

＊＊＊

弗龙托书简中有这样一封信，他在信中忽然提到了一幅画，以此向马可解释他为什么没有回复上周收到的信，然后又打算定义他自己在写信时是谁，最后又强调了他在信中表现出的固执。他是以朗吉诺斯的风格写下这封信的，用的是希腊语：

Homoion ti paschô tè hypo Rômaiôn hyainè kaloumenè...（写信时，我就是一条罗马人所说的鬣狗……）就是一只不会左右转动的脖子。就是一把投枪。就是一条长着毒牙的蛇。就是一条直线。就是一阵吹向深渊的风……在音乐领域中我能找到一幅什么样的图画，既动人又具有拟

人化的价值？我是来自地狱的俄耳甫斯……①

　　这几句话算不上弗龙托字斟句酌的隐喻：而是奥维德②意义上的"变形"（métamorphoses），是佛教意义上的"轮回"（renaissances incessantes）。"西方"为什么一直想要体验这种复兴？是因为它感受到了复兴的召唤，这一召唤先于人类和生物繁衍本身，于是，这一受到迫害的修辞传统便以一种秘密的、焦虑的、边缘化的方式，从一位学者传递到另一位学者，而且犹如一声声哭喊，从未停止过更新自身。

　　这一西方传统发展出了一种比个体的复兴更具家族性（也更具时代性）的"轮回"（métempsycose），即各式各样的文艺复兴。

---

① 俄耳甫斯（Orphée），希腊神话中的诗人和歌手。据希腊神话，俄耳甫斯的新娘欧律狄刻（Eurydice）在婚礼上被毒蛇咬伤后死去，俄耳甫斯闯进地狱去寻找自己的爱妻，冥王和冥后为他的真情所感动，遂令欧律狄刻复活，但告诫俄耳甫斯离开地狱前万万不可回首张望。冥途将尽，俄耳甫斯遏制不住胸中的爱念，转身确认妻子是否跟随在后，却使欧律狄刻再次堕回冥界的无底深渊。

② 奥维德（Ovide，前43—约17），古罗马诗人，代表作为《变形记》（Métamorphoses）和《爱的艺术》（L'Art d'aimer）。

与马可同时代的埃里乌斯①声称一个新雅典已然建成。马可则清楚地指出："一切老去之物正在复兴。"此处所言，并非再生的问题，而是生命在其自身的冲动、诞生和创新中重新开始的问题。在阿尔琴和查理曼眼中②，在彼特拉克③和库萨眼中，在埃克哈特、布鲁诺、蒙田或莎士比亚眼中④，文艺复兴从来都不意味着复原古典文化，而是新生力量本身的复兴，是人类个体、家族、社会和艺术的爆发性的复兴。

---

① 埃里乌斯（Aelius），指路奇乌斯·埃里乌斯（Lucius Aelius，101—138），哈德良皇帝的养子和继承人，但比哈德良皇帝早几个月去世。其子路奇乌斯·维鲁斯（Lucius Aureliu Verus，130—169）被安敦尼·庇护皇帝收养，161 年与马可·奥勒留成为共治皇帝。

② 阿尔琴（Alcuin，约 735—804），一译阿尔昆，中世纪英格兰诗人、学者和神学家，约公元 781 年应查理曼之邀赴加洛林王朝（l'Empire carolingien）担任宫廷教师，对加洛林文艺复兴有重大贡献。查理曼（Charlemagne，约 742—814），法兰克王国加洛林王朝国王，公元 768—814 年在位。

③ 彼特拉克（Pétraque，1304—1374），意大利早期文艺复兴时期的学者和诗人，人文主义的奠基人。

④ 布鲁诺（Giordano Bruno，1548—1600），文艺复兴时期的意大利思想家、自然科学家、哲学家和文学家，因坚定支持日心说而被烧死，他作为思想自由的象征鼓舞了 16 世纪欧洲的自由运动，成为西方思想史上的重要人物之一。蒙田（Montaigne，1533—1592），文艺复兴后期的法国思想家和作家，有《随笔集》（Essais）传世。

忒奥克里托斯^①说，存在是由太阳、天空、大地、混沌、冥府和人魔构成的。其余的，只有 *eikônous*（形象）呈现于当下。存在由时间的三种运动组成：黎明、天顶、黄昏。但其最明显的特征是"先成性"（antécédence）：它是"存在"的远古时期，是"存在"的先祖。如果说太阳在亡者之地落下便能使人重生，则人堕入冥府便意味着死亡。唯有歌唱才能让死者那恶魔般的太阳重新升起。

作为先祖，这是一首关于 *Aiôn*（永恒）^②的歌谣：

它是起源最初的起源，是开端最初的开端，是呼吸的空气，是火的余烬，是水的源头，为了能思考黎明那令人恐惧的水，我将右手手指放在唇上，并说：沉默，沉默，沉默，不朽的永生神的象征，让我靠近你，沉默。

---

① 忒奥克里托斯（Théocrite，约前310—前250），古希腊诗人、学者，西方田园诗派的创始人。一生从事诗歌创造，最为出名的成就是田园诗的创作。此前的所谓田园诗歌只是一种与音乐结合起来的民间创作，而忒奥克里托斯将其彻底转化为一种纯文学体裁。在他之后，田园诗得到了巨大的发展，并逐渐成为欧洲文学中的主流体裁。

② "永恒"（Aiôn）一词来自古希腊语"Aιών"，有"命运""时代""世代""永恒"等多种含义。在古希腊哲学中，该词是关于时间的三个主要概念之一，另两个概念是"柯罗诺斯"（Chronos，希腊神话中代表时间和命运的原始神）和"凯洛斯"（Kairos，希腊神话中的机会之神）。

作为时间，这是一首对 *Typhôn*（提丰）[①] 的颂赞：

你令人颤抖，你令人恐惧，你令人害怕，你是冰雪之上和黑冰之下的狂风，你痛恨秩序井然的住房，你行路快过空气，你毁灭一切，你的脚步是一团霹雳的火……

***

奇怪的是，修辞学是无神论的。但它却狂热地服从语言，对语言之大胆表现出盲目的信仰，并以其自身之形式构成了一种真正的虔诚。然而就修辞学传统而言，它绝无可能成为启示性宗教，也从没有建立过相关学派，甚至对疯狂追逐符号之外的语言能指也不具备凌驾其上的语法或语文学上的权威。在对语言的奉献中，没有任何事物会被允许滞留在语言的效果之上并声称自己即是语言之源。某个存在（神）不会以特权的方式向另一个存在（人）显现他自己，也不会占有语言之源作为其自身的话语，因为这二者都派生于他。对于每一位思辨修辞家来说，神不存在，他从未存在，也永不存在。语言不予揭示。正如以弗所的赫拉克利特所言："语言并不揭示：它提示。"马可曾

---

① 提丰（Typhôn），又译堤丰，希腊神话中象征风暴的泰坦巨人。

多次重复过这句话。其隐喻在每一"存在"中皆不可分。语言不能止步于"某个"声音或"某句"口授神谕，也不能止步于"某种"语言或"某本"书。格拉西曾对诺瓦利斯发现并阅读的一篇弗朗茨·赫姆斯特胡伊斯的文章做过令人钦佩的评价 [1]：1768 年 11 月，赫姆斯特胡伊斯在海牙发表了一篇文章，这篇文章是 18 世纪那些最清晰、最冷静、最具法兰西风格的文字之一，他从启示宗教，（religions révélées）出发，率先指出了思想和神学之间的永久对立。他的论点非常简单：独特的神以其独特存在的形式而存在，这本身就打破了整体的统一。

***

在古希腊，修辞家像巫师一样被人羡慕，又像巫师一样遭人迫害。个中的迷人背景不难解开：语言意味着奴役。所有听觉皆被混淆、被奴役，语言束缚了人类、诸神和死者。他们的 *sortes*（命运）与 *logos*（语言）有关。

---

[1] 格拉西（Grassi），或指朱塞佩·格拉西（Giuseppe Grassi, 1779—1831），意大利作家和语言学家。诺瓦利斯（Novalis，1772—1801），原名格奥尔格·菲利普·弗里德里希·弗雷赫尔·冯·哈登柏格（Georg Philipp Friedrich Freiherr von Hardenberg），德国浪漫主义诗人、作家和哲学家。弗朗茨·赫姆斯特胡伊斯（Franz Hemsterhuys 或 François Hemsterhuis, 1721—1790），荷兰作家和哲学家。

巫师不得土葬，要由秃鹫吃掉。斯特拉波[1] 解释说，由于无法土葬或烧掉，他们是唯一能享受到母爱的人。

朗吉诺斯从不认可伦蒂尼的高尔吉亚的形象，但在古人眼中，高尔吉亚却是希腊世界最伟大的修辞家："*Gypes empsychoi taphoi.*"（秃鹫：活的坟墓。）此处夸张地将入土为安归于秃鹫，归于这些无视坟墓的食腐者。死者本身即是最初的 *imagines*（真容）。在整个世系生命的传承中，我们把他们高举过顶，而他们也生生不息。还有所有古人，我们都是他们的后裔，他们以 *phantasma*（幻象）的形式与我们在梦中相见，我们高举着他们的头像，携他们漫步城邦，晚餐时向他们致敬，在中庭里守护起他们。这便是作为"真容"而死去的第一批"人类"。这便是那个说自己是"活的坟墓"的人的内心世界。而且这也是塔西佗[2] 在朗吉诺斯死后写下的文字。秃鹫不过是神。它不是 *visiones*（幻觉）、*phantasmata*（幻象）、*metaphorai*（隐喻）或 *imagines*（意象）之所。

---

[1] 斯特拉波（Strabon，前 63—约 23），古希腊历史学家、地理学家，有《地理学》（*Géographie*）十七卷传世。

[2] 塔西佗（Tacite，约 55—约 120），古罗马历史学家、文学家和演说家。

***

在我读过的书中，我还没见过哪位作家或学者对马尔库斯·科尔涅利乌斯·弗龙托的作品不屑一顾，也没有人会称他为白痴。米什莱[①]曾为"历史"规定过两项使命：一是通过精心收集死者被湮没的辉煌来再现逝者；二是让往昔在每个新的时代都能获得新生，如同是其自身的黎明一样。弗龙托是已知古罗马最具独创性和最深刻的思想家之一。他增添了一个又一个形象，他创立了古代典籍中遍寻无着、意想不到的神话：

什么是睡眠？ *Ejus leti gutam unam aspersisse minimam quanta dissimulantis lacrima esse solet.*（就是一滴微小的、强忍的泪水般的死亡淌入了人类的大脑。）这就是 *somnus*（睡眠）的原因，就是 *somnia*（梦）的源头。一滴死亡：这就是 *claves oculorum*（人类双眼的钥匙）。*a fando, fata*（命运）一词即由 *fari*（言说）一词派生而来。在表达我们的生命及其进程之话语的深处，那 *insciens lanifica*（不为所知的微调之物）是什么？我们真的需要死亡暂停吗？为什么一道如

---

① 米什莱（Jules Michelet，1798—1874），法国历史学家，被誉为"法国史学之父"，有《法国史》（*Histoire de France*）和《法国大革命史》（*Histoire de la Révolution française*）传世。

此慷慨的光被赋予了限制我们失明和埋葬我们的黑暗？

不同的时代为何会比不同的语言更罕见（更少），这是因袭了什么命运？

深渊中刮来一阵阵荒诞的存在之风。马可接着写道：

Pou nun panta ekeina? Kapnos kai spodos kai mythos è oude mythos.（这一切所剩几何？雾气，神话，甚至都算不上神话。）

***

弗龙托撰写的《史学原理》（*Principes de l'histoire*）如今只剩下断简残篇。弗龙托在这部 *Principia Historiae*（《史学原理》）开篇伊始即写道："马其顿人的力量系由一股洪流的暴力汇聚而成，其衰落亦如落日。"弗龙托使用的动词是 *occidere*（杀戮）：他们的时代只是西方 *brevi die*（短暂的一天）。生命在每一时代、每一凡人、每一时间中进化、前行，"*non ad locum sed ad vesperum.*"（不为抵达某地，而是走向黄昏。）他们脚下扬起的尘土孕育出迷雾，令其迷失其中。《烟尘颂》（*Laudes fumi et pulveris*）就是这样写成的。

一千多年来，一代又一代学者对这位帝国晚期的颓废派修辞家创作的《烟尘颂》（*Éloge de la fumée et de la poussière*）皆极尽冷嘲热讽之能事。

＊＊＊

"*Vagi palantes, nullo itineris destinato fine, non ad locum sed ad vesperum contenditur.*"（他们四处游荡，漂泊无所，行所由之，漫无目的，他们行走不为抵达某地，而是走向黄昏。）

这段文字颇具怪诞的旧石器时代的特征，让人想起了格拉古①说过的一段话：

遍布整个意大利的 *ta thèria*（野兽）尚且有自己的窝、自己的巢穴和自己的岩洞，而那些为国战死的人除了空气和阳光外一无所有。没有房屋，无处安家，他们只能带着孩子和妻子四处漂泊。在战场上，指挥官会鼓舞士气说："你们要保卫自己家族的墓地和神庙"，可这不过是谎话。因为这些罗马公民家

---

① 格拉古（Gracchus），指提比略·格拉古（Tiberius Sempronius Gracchus，前162—前133），公元前2世纪罗马共和国著名的政治家和平民派领袖。这段话是他当选护民官后的一段演讲。提比略·格拉古和他的弟弟盖约·格拉古（Caius Sempronius Gracchus，前153—前121）分别于公元前133年及公元前123年、公元前122年当选护民官，并各自在任期内领导了一场改革。由于改革触犯了保守势力而先后在护民官任上被杀。

中不仅没有可供祭奠的先祖墓地，甚至没有祭祖的祭坛。如此说来，士兵们战斗牺牲，却是为他人守护奢华与财富。他们被称为世界的主人，可手中甚至没有一抔属于自己的泥土。

　　倏忽间，弗龙托创造的另一个形象也有了其自身的意义，即史前的意义和化石的意义。人类的语言是一种古老的石头的 *psophos*（声音）。弗龙托说他只知道有一项使命值得献身："*Verba vecte et malleo, ut silices, moliuntur.*"（词语就像石器一样，须由杠杆和木槌敲击而成。）

＊＊＊

　　我呼召全新世① 的岩洞。不过我现在生活在第二个千年末期，生活在"距今"② 四十五年后。考古学家以其形而上的理性将"距今"（Before Present）中的"今"（présent）确定在 1950 年。而我记得，正是 1950 年 1 月 31 日这天，

---

① 全新世（holocène）是最年轻的地质年代，从一万一千七百年前开始。根据传统的地质学观点，全新世一直持续至今。但也有人提出，工业革命后应另分为人类世（Anthropocène）。

② 距今（Before Present，缩写为 BP），是考古学上的"距今年代"之意。学界现普遍使用"BP"（距今）代替传统的"BC"（公元前）和"AD"（公元后），其益处在于使所有文化和宗教年代变得更为直观。为了将日期标准化，公元 1950 年被确定为考古学上的"今"。基尼亚尔的《思辨性修辞》出版于 1995 年，所以他说他"生活在'距今'四十五年后"。

杜鲁门总统 ① 下令研制氢弹。从弗洛伊德到拉康，从米可施泰特或海德格尔到格拉西，从古尔蒙或施沃布到卡尤瓦，再到博尔赫斯、德·弗莱、莱里斯、蓬热、巴塔耶、热内和克洛索夫斯基 ②，其传承关系形成了三个走向，我在这

① 杜鲁门（Harry S. Truman，1884—1972），美国民主党政治家，1945—1953 年任第 33 任美国总统。

② 拉康（Jacques Lacan，1901—1981），法国作家、学者、精神病学家和精神分析学家。他从语言学出发，重新解释了弗洛伊德的学说，被认为是自笛卡尔以来法国最重要的哲人之一，又被称为自尼采和弗洛伊德以来最有创意和影响的思想家。米可施泰特（Carlo Michelstaedter，1887—1910），意大利哲学家，代表作为《雄辩与修辞》（*La persuasion et la rhétorique*），后自杀身亡。海德格尔（Martin Heidegger，1889—1976），德国哲学家，20 世纪存在主义哲学的创始人和主要代表人物之一。古尔蒙（Remy de Gourmont，1858—1915），法国后期象征主义诗人、作家和艺术评论家。施沃布（Marcel Schwob，1867—1905），法国后期象征主义诗人、作家和翻译家。卡尤瓦（Roger Caillois，1913—1978），法国诗人、作家、社会学家和文学批评家，法兰西学士院院士。博尔赫斯（Jorge Luis Borges，1899—1986），阿根廷作家、诗人、翻译家。德·弗莱（Louis-René des Forêts，1916—2000），法国作家、画家、诗人。莱里斯（Michel Leiris，1901—1990），法国作家、诗人、人种学家和艺术评论家。蓬热（Francis Ponge，1899—1988），法国诗人、评论家。第二次世界大战期间参加抵抗运动。1981 年获法国国家诗歌大奖，1984 年获法兰西学士院诗歌大奖，1985 年获法国文学艺术家协会文学大奖。巴塔耶（Bataille），当指乔治·巴塔耶（Georges Bataille，1897—1962），全名乔治·阿尔贝·莫里斯·维克多·巴塔耶（Georges Albert Maurice Victor Bataille），法国哲学家，被视为解构主义、后结构主义、后现代主义先驱。热内（Jean Genet，1910—1986），法国作家。三十八岁以前一直流浪，曾因多次犯盗窃罪而被判终身监禁。1948 年经萨特等作家向法国总统联名上书而被特赦出狱，此后全身心投入写作和社会事务。其作品通常歌颂为社会所抛弃的亚文化群，虽文风优雅，却常常使用罪犯和同性恋圈子特有的语言。克洛索夫斯基（Pierre Klossowski，1905—2001），法国小说家、散文家、翻译家和画家。

三个走向的洞穴、岩屑、沟壑、绝壁中深挖细掘，并全部收录于我在克里瓦奇廊街（galerie Clivages）出版的三卷本《短章集》（*Petits Traités*）和在梅格特画廊（galerie Maeght）出版的八卷本《短章集》中。

巴塔耶的背后是哈罗。犹如夏多布里昂的背后是多马。犹如司汤达的背后是莫里哀。犹如波焦·布拉乔利尼的背后是彼特拉克。犹如波焦·布拉乔利尼的手里拿着昆提利安的著作，又把它递给了库萨^①。犹如库萨又把它递给了达·芬奇，递给了哥伦布，递给了布鲁诺，递给了维柯。犹如马可·奥勒留的背后是科尔涅利乌斯·弗龙托。犹如亚特诺多图斯的背后是穆索尼乌斯。犹如 *logos*（语言）的背后是 *psophos*（声音），犹如 *psophos* 的背后是非人类居住的岩洞，犹如大海退潮时在其巨大的波浪运动中被逐渐发现的某处岩穴。

---

① 哈罗（Ernest Hello，1828—1885），法国作家、文学评论家。夏多布里昂（François-René de Chateaubriand，1768—1848），法国浪漫主义作家。多马（Thomas），或指使徒多马，基督的十二门徒之一，据说他曾将基督教传播至印度，是十二使徒中唯一一位在罗马帝国疆域以外传教的使徒。波焦·布拉乔利尼（le Pogge，1380—1459），意大利文学家、哲学家，文艺复兴时期的人文主义者和政治家，1453—1458 年任佛罗伦萨共和国执政官。昆提利安（Quintilien，约 35—约 100），罗马帝国时期西班牙行省的雄辩家、修辞家、教育家、拉丁语教师和作家，有《雄辩家的培训》（*De l'institution oratoire*）一书传世。

***

　　我无意重现思辨性修辞的往昔。我无非是对曾遭受迫害的某个传统所涉及的文件进行分类而已。我呼召的那些修辞家也不过是巴塔耶所谓的信仰某种无神论的"玛拉诺人"①。

　　那些进入教堂的"玛拉诺人"被要求不得表现出任何情绪，而要在内心深处默念一个短短的祷告语，同时保持站立，昂头，面对摆在祭坛上的十字架：

　　"你只是个木头的神。"

　　自工业世界终结以来，也就是说，自那场被西方历史学家任性地称为"第一次世界大战"的战争结束以来，就有了这场影响形而上学思想的哲学危机。如果说这场危机让该传统摆脱了它所遭受的厄运，但其后果还尚未显现。因为那场危机并未真正领悟该传统的深度。它并未发掘该传统的大胆创新，也未让该传统的奥秘重获新生。它并未

———————————

① 玛拉诺人（marranes），指中世纪在西班牙和葡萄牙境内被迫改宗天主教、但仍暗中保留其犹太教信仰的犹太人。这些人遭到宗教裁判所的迫害，后几乎全部被逐出伊比利亚半岛，其中大部分人逃到了法国和拉丁美洲。

对该传统的传承和主要理论进行探索。也并未思考过其命运。

当代思想肆意地谴责和拒绝这一传统，就像泼掉洗澡水一样将澡盆、*Semper vivens*（活蹦乱跳的婴儿）和肥皂一股脑统统泼掉，却从不去分辨一下该传统自身的历史，它为何具有好斗性，什么是其特有的价值以及它为何高傲。"高傲"（fierté）是个法语词，由拉丁词单词 *feritas*（兽性）衍生而来，意思是说"保持动物的野性特征"。对该传统何以会边缘化，对该传统的不可知论及其无所畏惧的原因，当代思想甚至不屑于瞥上一眼，就把它抛进了那个其恶名为"虚无主义"的同一个口袋中，抛弃它就像抛弃其他传统一样，也就是说，在那场由几乎不懂语法的西方历史学家夸张地称为"第二次世界大战"的战争之后，在那场大屠杀和种族灭绝的战争之后，这一传统像所有西方传统一样被抛弃了。

***

我们内心中原本不适合我们的某些东西如今却堂而皇之地登堂入室。

***

　　在海浪的运动中，除了大海之外，其他物体都在前进；在树叶的颤抖中，除了风之外，其他物体都在颤抖。在我们所爱的鲜活女人的目光中，除了灯光或太阳的反射之外，其他物体也在闪光。鲜花盛开时，除了花朵的繁殖器官之外，其他部分也在绽放，而其繁殖器官在未来的季节里还会继续繁殖，可花朵在开放且色彩缤纷时却并不知道这一点。

　　在已故者所写的书里，潜伏其中的并非可怕的幽灵般的逝者，而是一位已无法言说的鲜活人物，一种在快乐和痛苦之间的"复活"，它位于生命的边界，在那里延续，它并未结束，而是持续着，延伸着，言说着。万丈深渊的落差只发生在有生命的人身上，这是某种生活方式的结果，是叵测的征兆。该方式并非出于自愿，也不是一门艺术。

　　我们借靠不住的肉身存在，借更加靠不住的身份存在，那残酷的召唤体现出某种难以言说的东西（比哺乳动物哭号着降生更其猛烈）和某种更难以言说的破坏（仅凭死亡难以涵盖）。而那已然不仅仅是面包裂痕中显现的野兽张开的大嘴——马可在另一个意象中还告诉我们说，滚滚海浪来自时间深处，来自大地出现之前，它们拍击着海岸上的沙滩，又在后退的浪涛中回落，那一波波的海浪便宛若野兽张开的下颚。

＊＊＊

当一个社会面临可能毁灭它的事件发生时，当恐惧、悲痛、贫穷、剥夺和人与人之间的嫉恨已达至高温下的水果一样的成熟状态时，我们在堪称新丛林的城市街道上遇到的人群，大多数人的脸上都会表现出某种隐秘而贪婪的神情。我们周遭的面孔上都带有如此悲情，都显出这种紧张的沉默。这种沉默尽管有其"历史"，也就是说，尽管有其"历史"的神话，我们仍对其 *ferocia*（凶残）的程度一无所知。如今，西方社会又再次面临这种可怕的成熟状态。它正处于杀戮的边缘。

＊＊＊

20世纪初的精神病学今已不存，但它曾以其学识准确地预测了将令其灰飞烟灭的那场战争，"历史"也将如此。当现实被谵妄及其无用的动机取代时，未来便会愈发以某种残酷、忧郁的方式呈现出往昔的样貌。"往昔"将退后一步，回顾其最古老的根基，并梦想发掘出被视为其门面的那些隐藏的、阳刚的和秘密的语言。米可施泰特说，词语和作品一样，都是 *kallôpismata orphnès*（黑暗的饰品）。他后来自杀了。时间是 1910 年 10 月。

***

"历史"是人类非人道的产物，它不时地揭示风暴，而其本身不过是风暴的碎片。时间是比"历史"更为广阔的一道闪光。这需要一位真正的物理学家（一位语言学家）去开始撰写人类的微型编年史。对那些专业的历史学家，也就是说，对那些有担保的历史学家，除了用传说的缰绳拴住他们并把缰绳套在他们自己选择的马衔上以外，还要套住他们的牙齿，让他们在讲述时嘴巴受到限制，不能信口开河。文人们抵近了自己的 *litterae*（文字），但那还不过是一盏如豆的小灯，只能在火苗四周闪光，尚无力照亮黑夜。

塔西佗不像米什莱那样虚伪，苏埃托尼乌斯 [①] 不像黑

---

① 苏埃托尼乌斯（Suétone，约 69—约 122），罗马帝国时期的历史学家，有《罗马十二帝王传》（*Vie des douze Césars*）传世。

格尔那样虚伪，塔勒芒①不像弗里德里希那样虚伪，时母②不像塔西佗那样虚伪。

***

靠奔跑捕食的动物都是群居的。是鬣狗、人类和狼。

守株待兔的动物都形单影只。

秃鹫会回应什么召唤？

美洲豹会回应什么召唤？

孤独而无尽守望的读者会回应什么召唤？

---

① 塔勒芒（Gédéon Tallemant des Réaux，1619—1692），法国报人、作家和诗人，以撰写其同时代人的短传记《逸闻》（*Historiettes*）而闻名。

② 时母（la déesse Kâli），又译为"迦梨"或"迦利"，是印度教的一位重要女神，传统上认为是湿婆（Shiva）之妻雪山神女（Parvati）的化身之一，为威力强大的降魔相。"迦梨"一词也可解释为时间，故中文译为"时母"。时母被认为与时间和变化有关，象征着强大和新生，其造型通常为长有四只手臂的凶恶女性，全身黑色，身穿兽皮（上身往往赤裸），舌头则伸出口外，脖子上挂一串人头，腰间系一圈人手。四只手有的持武器，有的提着砍下的头颅，脚下常常踩着她的丈夫湿婆。

071

＊＊＊

　　马可皇帝终其一生都执着于"形象"的采集、"图像"的收藏和"隐喻"的帝国，他对收藏鱼叉、渔网和 *formido*（可怕的物件）孜孜以求。在与萨尔马提亚人[①]打仗期间，皇帝写道："一只 *arachnion*（蜘蛛）以捉住一只 *myian*（苍蝇）为傲；某个人以抓住一只 *lagidion*（小野兔）为傲；而其他人用渔网捕到一条 *aphyèn*（沙丁鱼），捕获几头 *suidia*（野猪）、几头 *arktous*（熊），俘虏几个萨尔马提亚人时也都以此为傲。殊不知这些人都是 *lèstai*（强盗）。"

　　他又接着写道："不久以后，大地就将掩埋我们所有人。自然便在这无尽的 *metabolei*（变化）中循环往复。此即动荡中的 *epikymatôseis*（浪涛）。"

＊＊＊

　　浪涛汹涌的大海上不辨尾迹。

[①] 萨尔马提亚人（Sarmates），公元前 4 世纪—公元 4 世纪时南俄草原及巴尔干东部地区的居民。属东伊朗人种，操北伊朗语。公元 1 世纪时成为南俄草原霸主，转而与罗马帝国为敌。后连续受到哥特人迁徙、匈人西迁的冲击而一蹶不振，至公元 6 世纪时消失。

涨潮会听从什么召唤？大屠杀会听从什么召唤？白昼和黑夜、"太阳"的轨迹会回应什么召唤？瘟疫会回应什么召唤？山巅会回应什么召唤？落地的果实会回应什么召唤？是秋天么？是 *Primus tempus*（春天）么？是夏天么？是 *aetas*（时代）么？时代会回应什么召唤？衰老会回应什么召唤？河流会回应什么召唤？沉默的洞穴会回应什么召唤？

***

所有可能问及的问题都突然像嗫嚅的嘴唇一样紧张起来：它们发现自己孤立无援。被问及的所有问题都在发问：语言会回应什么召唤？

这个唯一的问题有如野兽嘴上突然长出的一颗牙齿，它基于一个谜，这个谜远没有其陈述所暗示得那么简单：社会的分裂和语言的多样性会回应什么召唤？据语言学家统计，自人类张口说话以来，曾有一万一千多种人类的语言存在过。

所有这些语言会回应什么召唤？

***

　　马可，这位罗马的君主，这位古罗马人，这位喜爱古风者，为什么要在其十二卷《写给自己的东西》里用希腊语和自己对话？的确，希腊语是他童年时代的一种烙印般的语言，后来才为他所喜爱。而当时拉丁语才是帝国的官方语言。在此，我想提出一个更为简单的假设。我从科尔涅利乌斯·弗龙托的所有著作中拣选出一封匆匆写就的短笺，它以某种方式浓缩了自己所有的学说，或至少从自己坚持的学说中提炼出一种激情。这封短笺，这张小纸条，是写给年轻的皇帝的，因为他次日将在元老院发表演讲，并已向元老院提交了演讲稿。这封短笺是这样写的：

　　Miserere. Unum verbum de oratione ablega et quaeso ne umquam eo utaris dictionem pro oratione. Vale, domine. Matrem dominam saluta.（对不起。请在你的演讲稿中删去一个词，求你了，千万不要在演讲中使用口语措辞。再见，我的主人。请向令堂大人致敬。）

　　Oratio（演讲），是人类的语言。*Dicto*（口语措辞）则是言说的行为。书面演说不能空泛。弗龙托说，在接吻中，被吻的是人类的语言（演讲）。他又接着说道："唇上之吻，

074

是为人类的语言赋予的 *honorem orationi*（祈盼之荣耀）。"

　　我猜，*imperator*（皇帝）马可·奥勒留之所以决定用希腊语创作自己的《沉思录》，可能只是为了让弗龙托那严肃的 *imago*（真容）最终地、永久地远去，进入冥界，在冥河边找到自己的安宁，永远不要再出人意料地从其拉丁式沉睡的死亡中折返。

拉丁语

一位米兰的医生见到一个捕鸟人正准备带猫头鹰去捕鸟，便请求带他一起去。猎人先是有些犹豫，后来还是答应了。他们向蓝色的群山走去。在半坡上，捕鸟人停下脚步，布下网，让医生和猫头鹰待在旁边一间用树叶搭起的茅屋里，并嘱咐他保持安静，别吓着鸟儿。

　　不一会儿工夫，一大群鸟儿出现在天空。它们飞得很慢。医生立刻嚷道：

　　"鸟儿好多啊！快收网吧！"

　　听到声音，鸟儿都飞走了。又飞回了山里。

在捕鸟人的训诫下，米兰的医生答应不再犯错。随着时间流逝，鸟儿们在寂静中恢复了信心，又飞了回来，虽然数量少了一些，但翅膀扇动得更快，飞得也更高。于是，医生说起了拉丁语，他确信鸟儿肯定听不懂这种古老的语言：

"*Aves permultae sunt!*"（鸟儿可真不少呀！）

话一出口，鸟儿又立刻在空中消失了，再也没回来。

捕鸟人计划落空，狠狠地骂了自己的同伴一顿，先是骂他违背自己的承诺，其次是骂他因违背承诺而打破了寂静。可是，医生却问捕鸟人：

"*Namquid Latine sciunt?*"（鸟儿也懂拉丁语么？）

这位 *Doctor Mediolanensis*（米兰的医生）以为吓跑鸟儿的 *non ad sonum*（不是人的声音），而是 *sed ad sensum verborum*（他说话的意思），好像鸟儿们早就明白三十六计逃跑为上。

这则故事来自波焦·布拉乔利尼的《妙语录》（*Facet-ta*）第一百七十九篇。讲的是一次夜间（nocturne）捕猎。"猫头鹰"一词在拉丁语中就写作 *noctua*。第一，这则笑话有力地区分了 *psophos*（声音）和 *phônè*（人声）。第二，它强调了语言感知本身是怎样在话语中消失的。第三，它指出了因果关系（不过是一个与语言同质的巫术神话）是如何被擅自转移到铁定的真实当中。第四，它阐述了 *intellectam vocem*（词义）支配人类心灵的四种方式：囫囵吞下承载它的词音，忽略供养它的肉身，忘掉孕育它的父母，丧失反思自身时继续捕食的意识。第五，从波焦·布拉乔利尼的无神论立场出发，这则笑话最终成为一个简短的神话，它指出了那位 *doctor*（医生）为何会 *indoctus*（缺乏）科学实践以及 *amens*（傻瓜们）何以会相信一个无非是某种 *verbum*（语言效果）的 *deus*（神）。

＊＊＊

伊西多尔·利瑟①在其法译本《妙语录》序言中曾经自

---

① 伊西多尔·利瑟（Isidore Liseux，1835—1894），法国出版家。

问：为了不冒犯读者，什么才是规避与性有关之词语的上策？如果说其中的方言过于露骨，已近乎触碰动物学中亲密行为的底线，那么我们就可以说，古罗马人使用的词语，无论是那些叫加图的还是叫波尔基乌斯的[1]，都存在着一个缺陷，即他们都使用了声称要力图避免的下流词汇。斜体字本身发出的信号，就是想让读者知道哪一页最能满足其先睹为快的冲动。情色故事中，那些隐藏在拉丁语形式之下的不雅词语非但无意掩饰自己的龌龊，反而像页面中出现的众多晦涩的祭品一样，更粗鲁地向读者咆哮：斜体字让人联想起淫邪的肉体在春宵一刻中弄皱了身上的亚麻布衫，于是，兽性的残存遽然显现。

***

无论预防措施如何，我们都察觉不到自己的所作所为。我们永远不会知道自己为什么而活。终此一生，我们都不知道自己何以会作为个体生命始终在这短暂的时间里活着。作为读者，我们甚至不知道为什么要遵从这种阅读的需求，也不知道它意味何在。我们压根儿不知道自己发给陌生人

---

① 加图（Caton），或指老加图（Caton le Censeur，前 234—前 149），罗马共和国时期的政治家、国务活动家和演说家，曾任执政官，也是罗马历史上第一位重要的拉丁语散文作家。波尔基乌斯（Porcius）是加图家族的姓氏。

的所有信号。

　　无人听见那声音，那是一张脸。无人听见那音调，那是一个场域。无人听见那声音的变化，那语调简直像日本人的名片，在表达着某种企盼的社会归属感。虽无人听见，可所有人都听命于那个引领他们的声音、音调和变化的语调。我们的抱怨揭示出自己内心悲哀的快乐。我们的保护者指责我们。我们的恐惧症以一种比我们的梦想更不雅、更直接的方式讲述着我们的生活。我们的服装以拉清单的方式列出了我们的英雄。我们的罪恶与其说是一种快乐状态，毋宁说是一种不甚可怕的阴影。我们的肉身只是奴隶，被它认同的所有人所奴役，也就是说，被那些早已死去的家族暴君所奴役，他们更加强烈地压迫着这个肉身，因为是他们创造了它，他们虽已入土为安，可我们仍渴望让他们回归我们的内心，就像渴望将他们送进坟墓一样。我们的外表收紧了流浪统治的枷锁。我们的目光说明了一切，而墨镜更是如此。笛卡尔有一句格言，"*Larvatus prodeo*"（戴上假面前行），这算得上是某种训诫了，可那是一种比真诚本身更不可能的命令，因为以我们的无知，我们连真诚都做不到——用拉丁语来说，若一个 *persona*（人）戴上面具前行，其选择将是比 *immedita*（眼前的）复杂性更多的"自我"（soi）。没有人知道他隐身时会有什么表现。卢西乌斯·阿普列尤斯 ① 就描绘过这样一个非常不幸的男人，当他的朋友让他想起了一个既渴望他却又让他害怕的女人时，他嚎啕大哭起来。他用打了补丁的丘尼卡 ② 遮住因痛苦而肿胀的脸，下半身从 *umbilico*（肚脐）到 *pube*（下腹）悉数走光。

三岛由纪夫 ③ 在一个特别的仪式上自杀前曾经写道："生活在某个时代，就意味着无法理解这个时代的风格。我们可以下意识地挣脱自己的时代，但对其性质和作用却只能一无所知。"金鱼是感知不到盛放它们的鱼缸的，也感知不到摆放鱼缸的桌子。

三岛又补充说："良心，意味着对我们用人头骨做成的酒碗喝酒视而不见。"

---

① 卢西乌斯·阿普列尤斯（Lucius Apuleius，约124—约189），古罗马作家和哲学家。其小说《金驴记》（*Métamorphoses*，一译《变形记》）通过化身为驴的主人公的所见所闻，讽刺了罗马帝国的社会生活。

② 丘尼卡（tunique），一种宽大的、像睡袍一样的袋状套头衣，最初是伊特鲁里亚人的服装，后被罗马人继承，一般用白色毛织物做成，结构简单，用两片毛织物留出伸头的领口和伸出两臂的袖口，在肩部和腋下缝合，呈 T 字形，一般袖长及肘，也有的无袖或长袖。

③ 三岛由纪夫（Yukio Mishima，1925—1970），本名平冈公威（Kimitake Hiraoka），日本小说家、剧作家、记者、电影制作人和电影演员，日本民族主义者。1970年切腹自杀。

***

我们浑身充溢着语言能指，它溢出了我们自身，而我们对它却视而不见。我们吓跑了鸟儿。我们始终就是个孩子，是个四条腿的 *infans*（孩子），总想说话，可一旦沉默，便再也无法清晰地表达。在《金驴记》中，变成一头驴子的卢西乌斯·阿普列尤斯设法逃脱了从主人那里偷走它的盗贼团伙。它飞奔过城市，闯进露天集市，到达了中心广场："我站在一群人中间，全是希腊人，可说的是罗马人的语言，我试图呼唤凯撒的名字。我也确实设法发出了 *disertum, validum*（一声独特、铿锵的'咴咴'声），可再也喊不出 *Caesaris nomen*（凯撒的名字）。"

盗贼们一听到这声 *clamorem absonum*（出格的驴叫），就认出了是他们偷走的那头驴子，便冲进露天集市，跑到广场上，抓住缰绳，用鞭子猛抽它。

集市上，没有人明白这头挨揍的驴子是一个人，而且在用"咴咴"的叫声向皇帝求助。每个人都以荒谬的场景为乐，这是我们的恶习。

我们来不及说话时就会发出警报。无论做什么都会大

085

呼小叫。无论表达什么都会闹出动静。

***

有比驴子、海洋或城邦更沉默的语言能指。书便是绝对沉默的语言能指。

形成文字的书籍证明（与翻译家的警告和哲学家的推论相反），在从属于某种语言的人到言说另一种语言的人之间，有些东西是可以自然交流的，而这绝不是其语言的文字。

波焦·布拉乔利尼和库萨互相认识，彼此友爱。他们最初的名望都要归功于他们在修道院和古墓中搜寻古籍，而不论是什么天气，也不论道路、海岸、山间的弯路、森林和道路的状况如何。

那时，波焦·布拉乔利尼正担任教廷文书，他的家族纹章是一只握着标枪的右臂。

在意大利中世纪历史上那些最血腥的年代里，那不勒斯陷入无政府状态，伦巴底被分裂，米兰和威尼托遭到破

086

坏，教皇国和独立城邦要么被勒索，要么被掠夺。在这场不断爆发又不断遭遇新的威胁的风暴中，波焦·布拉乔利尼却过着平静的生活。他的房间里一片寂静。他右臂不戴纹章时两手都能用，他在读书。作为教廷文书的波焦对宗教事务漠不关心。他蔑视那些殉道者和异端邪说，也蔑视那些依附于中央政权、负责管理"永恒之城"秘书监的宗教团体。他收藏图书。有时，他会骑上骡子，再带上几辆马车，爬上倾圮的高塔去寻觅散佚的古籍。这就叫作"复兴"。这种人便是第一批文艺复兴人士。蒙特普齐亚诺的巴泰勒米（Barthélemy de Montelpulciano）曾经讲过波焦·布拉乔利尼在圣加仑修道院①的一间阁楼里发现全套昆提利安作品的故事，当时，这套堪称罗马思辨性修辞"索引典"（thesaurus）的作品上沾满了污渍和灰尘，波焦把这套书抱在怀里，放声大哭。

***

多少个世纪倏忽而过。书写这些作品的语言已然死去。

① 圣加仑修道院（l'abbaye de Saint-Gall），位于瑞士圣加仑（Saint-Gall），为一组文艺复兴风格的宗教建筑群。公元719年修建，后发展为欧洲最重要的本笃会修道院。圣加仑修道院图书馆是欧洲中世纪收藏最丰富的图书馆之一。1983年被列入世界文化遗产名录。

然而，它们又怀着强烈的情感接受了召唤。

***

他们回来了。医生和捕鸟人在返回米兰的路上。米兰的医生有点儿费劲地跟在捕鸟人身后，那捕鸟人扛着捕鸟网，换了个肩膀。

田野上，天亮了。

捕鸟人坐在一块岩石上，停下来等医生。他抬起头。看见星星在白昼里消失了。

星星在阳光面前不会退缩。

它们还在天上，还在自己的位置上，它们无动于衷。

唯有太强的光才会遮蔽它们。

***

米兰的医生累坏了，他坐在岩石上，这回轮到他坐在捕鸟人身旁。捕鸟人向他转过头去，张开嘴，他的呼吸变成了白色的雾气，在透明和冰冷的空气中，我们看到那雾气在他嘴唇上方盘旋了片刻，这让我们突然明白，人类的话语不仅仅是它所表达的意义之外的东西，也不仅仅是它所支配和使用的语言之外的东西，而且还是能让人类的耳朵听到的有声材料之外的东西。

秘密之神 ①

我要展示一个双眼噙泪的男人头像，我要讲述一次艰难的海上之旅和一把木勺。1464 年 8 月 11 日，时值盛夏，这个人在翁布里亚的托迪①去世了。他名叫尼古拉·克雷布斯（Nicolas Krebs）——这是枢机主教"库萨的尼古拉"的本名。他在罗马圣彼得奥利安教堂（l'église de Saint-Pierre-aux-Liens）里的大理石墓棺是安德里亚·布雷尼奥②为他雕造的。他生于摩泽尔河③拐弯处的一座名叫库萨的小村庄，而摩泽尔河本身也是世界上流速最慢的河流之一。他的父亲克雷夫茨（Cryfts）——在德语里发音是克雷布斯

---

① 翁布里亚（Ombrie），意大利大区名，首府佩鲁贾（Pérousse），面积 8456 平方公里。托迪（Todi），意大利城镇名，在翁布里亚大区（Ombrie）。

② 安德里亚·布雷尼奥（Andrea Bregno，1418—1506），文艺复兴时期的伦巴底雕塑家和建筑师。

③ 摩泽尔河（Moselle），莱茵河在德国境内的第二大支流，全长 554 公里。

（Krebs），在拉丁语中的意思是"癌症"，在法语里的意思是"鳌虾"——是一个艄公，专为去陡峭的对岸和兰茨胡特城堡（Burg Landshut）的行人摆渡。库萨幼年时的传奇很有名。司汤达在《红与黑》的开篇就讲过这个故事：那位父亲犹如摩泽尔河上的冥河渡神[①]，他发现自己的儿子靠着船边的木栏杆读书，便一桨把他打进了水里："臭书呆子！"孩子的书在河里丢了，他游到岸边，逃离艄公的家，去了德·曼德沙伊德伯爵（comte de Manderscheid）的城堡当差。

库萨的第一篇伟大的文论是《关于秘密之神的对话》（*Dialogus de deo abscondito*）。他是含着眼泪开始撰写的。

***

"*Video te prostratum et fundere lacrimas. Quid adoras?*"（我见你垂泪匍匐在地。你崇拜谁？）

"*Deum.*"（神。）

---

① 冥河渡神（nautonier），指希腊神话中冥河的渡神卡戎（Charon），他在冥河上摆渡，亡灵们需付一枚小钱，他才把亡灵摆渡到彼岸。

"Quis est deux quem adoras?"（你崇拜的是哪一位神？）

"Ignoro."（我不知道。）

"Quomodo tanto serio adoras quod ignoras?"（你怎么会崇拜一个不知道的神，而且还流了眼泪？）

"Quia ignoro, adoro."（不知道，才崇拜。）

"Mirum video hominem affici ad id quod igorat."（一个人对他不知道的事产生好感，这让我好生奇怪。）

"Mirabilius est hominem affici ad id, quod se scire putat."（一个人对他想知道的事产生好感，这更让我奇怪。）

"Cur hoc?"（为什么这么说？）

"Quia minus scit hoc, quod se scire putat, quam id, quod se scit ignorare."（因为他认为自己知道的比自己不知道的要少。）

"Declara, quaeso."（请解释一下。）

"Quicumque se putat aliquid scire, cum nihil sciri possit, amens mihi videtur."（在我看来，以为自己懂点儿什么而实际上却一无所知的人才没有头脑。）

***

　　这篇晦涩的关于神的文论是库萨 1444 年在德国写就的。是一个流泪的男人在说服另一个困惑的男人：一、无法通过存在之物认知存在；二、无法通过词语认知语言之源；三、无法通过造物认知创世的本质；四、无法为不懂的事物命名。凡是让客体与主体对抗之物、让世界与意识隔绝之物、让人类的生命与工作分离之物、让沉默与语言分离之物、让深渊与形式分离之物、让疯狂与明智分离之物、让野蛮与理性分离之物，都绝非原初之物：

Quomodo potest veritas apprehendi nisi per se ipsam? Neque tunc apprehenditur, cum esset apprehendens prius et post appreheusum.（如果不求助真理，如何能理解真理？先要有学习的人，才会有学有所成，否则我们什么也学不到。）

***

　　不知自己为何而活的人开始降生。不知世界为何物的人开始脚踩大地。语言是一处秘密的所在，任何言说者皆无法靠近。不理解是网，无知是捕获，半空中是黑暗，人类在 *theôria*（窥探），猎物则属未知。库萨从阿拉贡人拉蒙·柳利[①]那里继承了 *sensum sestum*（第六感）的概念，用它来命名人类语言本身。

　　猎物未知。它不为人知地 *abscondita*（躲藏着）。整个人类的历史（系谱学、专名学、语言学、政治学、思维学、艺术学、科学）有如作为其起源的狩猎一样，也是一场巨大的捉迷藏。捉迷藏的意思是说：孩子们选出一个人当猎人，趁他闭眼之际藏匿自己。存在是一个猎物，但并非仅为猎物，其所有位置皆在隐藏之中。它留下的足迹或行踪绝不会是自己的头或犄角。有谁会把自己犄角的痕迹留在经过的路上呢？结果并不能说明原因：

Si enim te interrogavero de quidditate ejus, quod te putas

[①]　阿拉贡人拉蒙·柳利（Raymond Lulle l'Aragonnais，约 1232—1315），一译雷蒙·卢尔，加泰罗尼亚哲学家、诗人、神学家和作家。阿拉贡（Aragon），西班牙东北部地名，与法国接壤。

*scire, affirmabis quod ipsam veritatem hominis aut lapidis ex-
primere non poteris. Sed quod scis hominem non esse lapident,
hoc non evenit ex scientia.*（如果我真的问你，问你认为你
所知之物的真实性，你会肯定地说，你既不能表达人的真
实性，也不能表达石头的真实性。但你知道，人不是石头，
可这一事实与科学无关。）

＊＊＊

库萨掷地有声地写道："学习之乐趣，绝非知识之终
结。知识以'未知'的无限增长为使命，以破解无法破解
之奥秘为回报。"

我们必须不断观察和关注未被语言滤掉之物。未被语
言滤掉的，便是未知之物。"上帝"一词不过是最大的专
有名词。本体论上的"创世"并非专有名词，它面对着的
是无所不能、能使宇宙一体的"一统"（l'unité）："*Unitas
dicitur quasi ôntas ab ôn Graeco, quod Latine ens dicitur.*（"一
统"对应于"本体"，该词来自希腊语，相当于拉丁语中
的"在"。）库萨拒绝认为"上帝"（Dieu）"本体"（l'Ôn-
tas）或"宇宙"（l'Univers）是无知的终结。无知是人之路，
或如库萨在最后指明的那样，毋宁是一种 *motio*（移动），

一种情感，一种等同于无知的 *dynamis*（动力）。*mens humana*（人类的思想）绝非任何存在的镜鉴。灵魂更像是一种 *animatio*（活力）而非 *visio*（意象），因为"无知"（l'ignorance）所寻求的正是其未知之物。思想是"非灵知"（le non-gnosique）、非神学、非形而上学领域里的某种对"未知"（l'ignoré）的 *raptus*（痴迷）。这种"无知"支持的正是语言本身的事实，也就是说，它支持的是语言的多样性（la quoddité），即人类语言的方言化存在及其不可推知的起源。渐渐地，《关于秘密之神的对话》中的言说者便不再是 *Christianus*（基督徒），不再是 *Philosophus*（哲学家），也不再是 *Orator*（演说家），而是 *Profanus*（亵渎者），接下来是 *Idiota*（白痴）。亵渎者、愚氓、白痴遵从的是方言（不是被立法委员会 [①] 放弃的语言，也不是被哲学割裂的语言）。这种对语言的遵从超越了信仰或哲学：

Et haec est omnipotentia ejus, que quidem potentia omne id, quod est aut non estm excedit, ut ita sibi oboediat id quod non est sicut id quod est.（因为此乃该语言的全能之处，其威力强过一切存在和不存在之物，因此存在的和不存在的

---

① 立法委员会（nomothète）是公元前 4 世纪初雅典寡头政体时期成立的一个委员会，由 501 人、1001 人或 1501 人组成，其职能是修订现行法律。该委员会的成立标志着雅典从六万选民构成的民主政体转向了寡头政体。

一切皆遵从于它。）

在这里，库萨使用了动词 *oboediat*（遵从）。"遵从"来自
obaudire（服从）。*Obaudire*，就是聆听并顺从他人所言直
至服从。拉丁语中，*obaudentia* 对应的就是法语的"服从"
（l'obéissance）。只有在能指难以理解的前提下，真实才能
抗争作为他者的语言。这就是为什么库萨晚年越来越兴冲
冲地抹去那些声称我们必须更加服从的词语：希腊语单词
methodos（路径/方法）被删除了。另一个单词 *dynamis*（强
迫）也被删除了。1463 年，库萨在罗马创作了《寻找智慧》
（*De venatione sapientae*）一文。在拉丁语中，*Venatio*（寻
找）意为"捕食"。此即狩猎的艺术：原始灵长类动物的
分化。只有借远古狩猎的 *imago*（意象），才能靠近"先前
性"（l'antériorité），才能让我们对语言前后相连之关系加
深理解。作为思想之灵魂的活力，作为时间之存在的深度
叙述，它总是与库萨所称的 *inattingibilis*（触不可及）之深
渊的先前性有关。它们念念不忘我们追踪过的那些不知名
的和无名的猎物：正是在追踪这些猎物的过程中，我们成
为人类。"他性"（l'altérité）永远在先。真正的思想总是会
激发出表达或某种形式的理性。"理性无法抵达在它先前

之物"（见《论"不异"》^①，第184页）。当库萨提出用"不异"（le non aliud）这一名词来言说存在时，也就是说，当他用不可知之他性的"非他"（le non-autre）来言说存在时，他便提出了一个论点，即"非他"远比"一"（l'un）更加单纯，而"一"不过是"非一"（le non-un）中的"他者"（l'autre）而已。同样，为了能试着指出这种难以描述的多产性，也为了能给出一种比同一之特性更具活力的概念，他便将两个动词——*posse*（能）和 *esse*（在）——组合成一个新词，并试图以直陈式现在时来表现其跳跃的变形。他组合的这个新词是 *Possest*（能在）。这个"能在"（le pouvétant）近乎令人恐惧：

> *Et quia quod est, actu est, id eo posse esse est tantum quantum posse esse actu. Puta vocatur Possest.*（因为存在之物是事实上的存在，它只有借自身的实际存在而存在，故称其为"能在"。）

***

无神论的论点像一条狗，尾随着诡辩家、修辞家和希

---

① 《论"不异"》（*De non aliud*）是库萨晚年的作品，是他自发表《论有学识的无知》以后对神的超越性与对神性的认识的一系列反思，被视为其最抽象的著作。

腊–罗马演说家，因为文艺复兴让它复活了。1444 年第一次文艺复兴时期，关于上帝不存在的后验观点被提了出来。如果假定一切存在皆存在，那么也假定上帝存在。这种假定既抹杀了上帝在存在秩序中的先前性，也抹杀了他在存在秩序中至高无上的地位。这就是为什么人类消费的神祇远比我们所知道的语言还要多的原因。任何一位修辞家——任何一位在自己的语言上退缩的人，其所拥有的语言便定义了他——皆为无神论者。作为最高者，*ens supremum*（至上崇拜）可以假定能产生最高之可能性的语言。作为不朽者，至上崇拜还可假定其概念所要反抗的死亡与时间。此乃词语 *flatus*（呼吸）中的尘埃之尘埃。就基本修辞学而言，思想不可能为语言的这种效果——上帝之存在——奠定基础，不可能将其从人类语言中剥离，并溯及既往地将其置于世界的源头。思想也不可能定义语言产生前的 *homo*（人属），即 *humanitas*（人文）语言的奠基人，并以此与语言学上的灵长类动物链——这一物种从未消失——抗衡，并溯及既往地将其定位于我等本质的起源之上。我们马上就会注意到，表达这类思想的人皆为伟大的无神论修辞家：欧里庇得斯、埃克哈特、蒙田、莎士比亚。柏拉图作为哲学体系的奠基人，有权因这些诡辩家的大逆不道而憎恨他们：因为他们不信神。大概哲学和神学也肯定不情愿承认修辞学对它们的保护，不情愿服从那个创建了它们的语言材料，因为在这两种情况下，无神论都是威胁。

让莱茵兰神秘主义 ① 回归普罗克洛、柏罗丁、达马斯丘和丢尼修 ②，这就是库萨本人的任务，他也由此实现了与自己思想的 *nexus*（对接），即与其 *logos*（语言）自身的结合，并赋予其以本体论干预的力量。换言之，库萨的尼

---

① 莱茵兰神秘主义（la mystique rhénane），从 13 世纪开始，基督教世界在教会之外就存在着一种既有正统思想又有异端思想的宗教运动，该运动主张宗教生活上的民主化和非教会组织化，追求使徒时期的那种众信徒平等友爱的虔敬崇拜方式，追求上帝面前人人平等，个人与上帝的关系被置于人生的中心。其中较著名的就是 13—15 世纪之间流行于莱茵河流域的莱茵兰神秘主义思潮，该思潮重视理智甚于意志或虔敬实践，强调冥想和对上帝的理智直观。库萨是该思潮的代表人物之一。

② 普罗克洛（Proclus，410—485），一译普罗克洛斯，希腊哲学家，新柏拉图主义的集大成者，有《柏拉图的神学》（*Théologie platonicienne*）《神学要旨》（*Éléments de théologie*）等著作传世。柏罗丁（Plotin，205—270），一译普罗提诺，罗马帝国时期的哲学家，新柏拉图主义的奠基人，其学说融汇了毕达哥拉斯和柏拉图的思想以及东方神秘主义，视"太一"为万物之源，认为人生的最高目的就是复返太一，与之合一。柏罗丁的思想对中世纪神学及哲学，尤其对基督教教义有很大影响。达马斯丘（Damaskios，约 460—约 537），一译达马斯基奥斯，古罗马哲学家，新柏拉图主义的最后传人，有《关于第一原理的问题和解决》（*Questions et solutions sur les premiers Principes*）《柏拉图〈巴门尼德篇〉的问题和解决》（*Commentaire du Parménide de Platon*）等著作传世。丢尼修（Denys），或指亚略巴古的丢尼修（Denys l'Aréopagite，生卒年不详），又译为亚略巴古的狄奥尼修斯或阿勒约帕哥的狄约尼削，公元 1 世纪时的雅典刑事法庭法官，因使徒保罗讲道而成为基督徒，后被教会册封为雅典的主保圣人。

古拉开启了库萨和罗马的文艺复兴，他以其所谓"猜想式"的本体论，在古代世界里催生出我所说的"思辨性"修辞。

语言给出了它所不具备的东西，这便是修辞。库萨称之为 conjectura（猜想）。它还是某种 jactura（祭献），某种 jaculatio（场景），某种喷发。Jactura 的字面意思是牺牲。"猜想"创造了一种天赋，没有任何神祇（没有任何先例）暗示过它的威力，也未奠定（或说明过）它的效果。

***

希腊语中的"深渊"是什么意思？无底洞。面对着语言和文明的多样性，冲动的必然性及其对语言的不可还原性便造就了一种 hiatus（断裂），就像一只张开的无底的大嘴：abyssos（深渊）。这只张开的、无底的、深不可测的大嘴又定义了另一个希腊词：chaos（混沌）。就是它，在"存在"与"世界"之间挖出了一道深渊，而"时间"以及语言演变的影响——不是 metamorphôsis（演变）之语言的影响，而是如同阴影一样散落于演变之语言之上的 metabolè（代谢物）——还在不断加深着这道深渊。这一仍在系统发育过程中的"深渊"叫作什么？Historia（历史）。人类的历史。人类进化过程中的这种语言的演变，其影响可以计算吗？它贯穿于二百九十万年间的一万一千年。

***

我们的大脑不是宇宙的最大值。我们的肉身也非哺乳动物之兽性的最高境界。"猜想"让我们明白，在语言之外，最高级的东西正在崩溃。"绝对"是不能被说出来的，因为它无法从构成其 *imago*（形象）的语言中解脱出来。米可施泰特在1910年秋写道："我不懂得'绝对'，但我知道它，就像受失眠之苦的人知道睡眠一样。"这样的失眠阻碍了梦境中闪现的 *phantasma*（幻象），重新定义了"形象"的地位。我们在最真实和最不虚假之间徘徊。这便是"猜想"，一种不确定的知识，一种神秘而特有的类别，它能让我们体验到自己忽略的东西。*paradoxon*（悖论）、对立面的巧合、*metaphora*（隐喻）、将人脸兽化为动物的面孔，都是它伸出的那只唯一的手。而这只手，这只在枝叶里、洞穴中、大海上、空间里、时间中的手会无穷地再现：再现它所不知道的"无限"。

***

一个双眼噙泪的男人头像，再加上一次艰难的海上之

105

旅。在《论有学识的无知》结尾，库萨在写给枢机主教朱利安努斯（cardinal Julianus）的一封信的信末，解释了他是在什么地方获得了"无知"的启示的："正是在从希腊返回的船上，我被引领着以一种 *incomprehensibiliter*（不可思议的）方式拥抱了那个 *incomprehensibilia*（不可思议）之物。"这艘船从哪儿来？ *Ex Graecia redeunte*（希腊）。船靠什么前进？ *In mari*（大海）。这个希腊，就是君士坦丁堡背后的古希腊。那个艄公也不是克雷布斯，而是卡戎：是冥界的渡神把文艺复兴带到了充满活力的威尼斯海岸。海洋是陆地形成之前的盘古大陆①。在这个 *maximum contractum*（浓缩的最大值）中，有一张 *incomprehensibilis*（看不见）的脸，那便是宇宙。夜空中包含的那片以前的大海——枢机主教的帆船漂浮在上面，他从那儿观察到构成它的大一统——便是一张脸。凝望天空、大海、黑夜以及它们之间的 *nexus*（联系）的，是面部视觉的痕迹。这种痕迹永远

---

① 盘古大陆（Pangée），又称"超大陆""泛大陆"，原文为希腊语"Παγγαία"，由"πᾶν"（全部）和"γαῖα"（陆地）二词组合而成，即"全陆地"，指古生代至中生代期间形成的一大片陆地。现今地球有七块大陆，更早的六亿五千万年前（相当于地质时代的震旦纪）曾形成过一次超大陆，这个大陆在一亿年后开始分裂。在泥盆纪时，由于大陆间彼此碰撞，约在二亿四千五百万年前地球上的陆地又连在一起，此时相当于地质时代的三叠纪，科学家称之为"盘古大陆"。该概念是由大陆漂移学说的创立者、德国地质学家、气象学家和天文学家阿尔弗雷德·魏格纳（Alfred Lothar Wegener，1880—1930）提出的。

表现不出一帧图像的力量。这一形象，在语言的自我压抑中，近乎抵达了狂喜之黑暗中的神的 *ostensio*（真容）。但是，神不存在，神的名字不存在，作为面孔之源的面孔不存在，作为众神之名的 *pneuma*（普纽玛）气团不存在，甚至连作为肉身或地点的 *semen seminum*（种子中的种子）也不存在。

所以，库萨为了能描述出他在大海中感受到"无知"时的那种狂喜的、充满活力的特征，便从伪赫尔墨斯①那里借来了一帧图像。那是一个无限的圆，每处皆为中心、无处不是周长。唯有这一图像才能勾勒出面部视觉的 *imago*（形象）。自从库萨将这一形象应用于宇宙的那一刻起，它便再无从想象了。一帧无从想象的形象即被称为悖论。那是一幅看不见的图景。这个形象本身，在那个难以想象之深处的 *punctum*（点）上，在那个点的中心深渊里，可以说它是大海，也可以说它是黑夜，可以说它是宇宙，也可以说它是漂浮其上的帆船，甚至可以说它是看着它们却一

① 伪赫尔墨斯（pseudo-Hermès），指《赫尔墨斯秘籍》（*Corpus Hermeticum*）的辑佚者"三倍伟大的赫尔墨斯"（Hermès Trismégiste）。据说此人是公元前希腊化时期亚历山大里亚城的一位隐姓埋名的炼金术高士，公开的身份是埃及祭司。《赫耳墨斯秘籍》由若干对话残篇组成，涉及炼金术、占星术、地理学、数学、医学、诸神崇拜颂歌以及神秘哲学，成书时间大致在公元1—3世纪之间。

无所见的眼睛：

　　或者，我们出于动物的本性，试图触摸那山，却什么也没摸到。或者，我们试图用纯智力的眼光观察，却陷入了黑暗。可我们知道，即便漆黑一团，山也在那里，它就在那个地方。人类的一切知识，变成了人类的无知，变成了人类对存在的猜想，变成了人类对世界的思考。

　　人的知识本身就是人之有限性的痕迹。人是不可能拥有积极的本体论和绝对的知识的。*Homo*（人属）即是 *Faber*（匠人）。*Homo* 永远不会成为 *Sapiens*（智人）。他就像旧石器时代的洞穴壁画上所画的那样，是某种难以想象的、愚昧的、无知的体验，是对猎物和捕食手段的某种模仿，是某种饥饿的无知。

　　Ignorantia（无知）双倍于 *docta*（博学），它知道自己无知，也知道无知可以制造。这就是那部论博学之无知的《第一书》（*Liber primus*）第二章中引以为傲的公式：

Redicem doctae ignorantiae in inapprehensibili veritatis praecisione statim manifestans.（我直接揭示了博学之无知的根源在于其真实之难以企及的精确性。）

我们因精子、乳汁、肉身、鲜血和死亡而归属自然。

我们也因大脑而成为自然的一部分。

我们还因内心的语言暴力而成为自然的一部分。

除却我们自身的起源，我们不必屈从任何其他来源，也就是说，只需不断地重回那个只孕育生命的活生生的震动当中即可。正是这个活生生的夜晚，这场危机，这个非主观的、无名的、匿名的炉膛，它在通体燃烧，它烧掉了一切，它颤抖着，呼号着，倾泻而出，在那儿，什么都还没有，在那儿，既没有个性，也没有名字，更没有律法或任何社会的东西被感知。从这个意义上说，生命是没有尽头的，工作的目的也不能是主观的，修辞家的计划更不能是个人的：它在所有人的心中、在每个人的心中重新燃起了一团火焰。无论集体的还是个人的，皆不是艺术或思想的计划，也不是艺术或思想的喷射（因为两者都忽略了其功能和目的）。它是 *hypsos*（崇高），它是每个个体肉身的最前端，它比灵魂、恐惧、城邦、语言和名字更暴露。

***

　　伪赫尔墨斯，伪朗吉努斯，伪亚略巴古的丢尼修①：我已然养成了一种习惯，只要一看到"伪"这个表明身份的形容词，就认定我试图唤醒的传统就在那里，就在那个鄙视甚至否认其存在的过程当中。文艺复兴就是一系列"伪"的结果。弗龙托和马可·奥勒留眼中的文艺复兴，丢尼修和达马斯丘眼中的文艺复兴，阿尔琴和查理曼眼中的文艺复兴，波焦·布拉乔利尼和库萨眼中的文艺复兴，总是会回归到先前的文本和自愿的神学无知上去的。

　　库萨认定亚略巴古的丢尼修就是那位见过上帝却从未描述过上帝的圣保罗的门徒。他认为无知的秘密就像是一条金链。他把北欧和莱茵河沿岸的神秘思辨链条与君士坦丁堡的新柏拉图主义著作联结起来。人是"无知者"（Ignorants），其语言便是链条。这条链条并不很长：波焦和库

---

① 伪亚略巴古的丢尼修（pseudo-Denys l'Aréopagite），欧洲中世纪时曾流行数部神秘主义著作，署名亚略巴古的丢尼修。后经德国学者考证，发现这些著作均创作于公元 6 世纪，可能是出自一位叙利亚隐修士之手。故后世将这些著作的作者称为"伪亚略巴古的丢尼修"。

萨彼此是相识的。库萨还认识托斯卡内利①，后者出席了他的葬礼。在出版《论智慧》（*Idiota de sapientia*）的1450年，库萨还推荐了《论快乐》（*De voluptate*）的作者洛伦佐·瓦拉出任教宗尼各老五世的秘书②。达·芬奇对库萨的作品充满了热情。乔丹诺·布鲁诺也做了同样的选择：他乘坐一艘帆船去了伦敦，并结识了莎士比亚，等等。

在当时，这只是几条审慎的链条，是几座世上罕见的驿站，它从一位学者到另一位学者，从一封信到另一封信，它们仅与近乎沉默的少数人有关。

***

1437年11月27日，日落时分，教宗的双桅帆船和皇家希腊式三层战船扬帆启航，隐没在夜幕中。

---

① 托斯卡内利（Paolo dal Pozzo Toscanelli，1397—1482），文艺复兴时期的佛罗伦萨数学家。他根据多年的计算结果，断定由欧洲向西航行可以到达亚洲，该评估为哥伦布所知悉，从而为其航海大发现做了准备。

② 洛伦佐·瓦拉（Laurent Valla，1407—1457），15世纪意大利人文主义思想家、雄辩家和教育家，曾任教宗秘书。教宗尼各老五世（le pape Nicolas V，1397—1455），原名托马索·帕图切利（Tommaso Parentucelli），1447—1455年在位。

1438 年 2 月 8 日，威尼斯，白天，船队抵达丽多岛 [①]
的圣尼古拉斯港口，威尼斯总督和元老院议员身着紫绸礼
服，在布森陶尔号检阅舰（Bucentaure）和十二艘大帆船
上列队迎接，四周是驾着贡多拉蜂拥前来的市民。船队航
行期间，库萨始终陪伴在皇帝、拜占庭普世牧首、修道士
贝萨里翁、历史学家西罗普洛斯以及宫廷和东方教会里的
其他学者身边 [②]，他体验到了我刚刚描述过的那种冲动或狂
喜，这一切颠覆了他的余生，令他的文字坚不可摧。他靠
在帆船的木栏杆旁，就像靠在他父亲——那位摩泽尔河上
的艄公——那艘平底船的木栏杆旁一样。1439 年 7 月 5 日，
在佛罗伦萨圣母百花大教堂（Sainte-Marie-des Fleurs）的穹
顶下，希腊教会和拉丁教会宣布弥合。1452 年 12 月 12 日，
希腊-罗马联盟在君士坦丁堡的圣索菲亚大教堂宣告成立。
1453 年 5 月 29 日，土耳其人攻陷君士坦丁堡。圣索菲亚大
教堂被改建成清真寺。一切皆在嬗变。

---

① 丽多岛（Lido），威尼斯的三座小岛之一，另两座是穆拉诺岛（Murano）和布拉
　诺岛（Burano）。

② 皇帝（l'empereur），指拜占庭帝国皇帝约翰八世（Jean VIII Paléologue, 1392—1448），
　1421 年成为东罗马帝国共治皇帝，1425—1448 年成为帝国唯一的皇帝。普世牧首（le
　patriarche），指君士坦丁堡普世牧首约瑟夫二世（Giuseppe II, 1370—1439）。修道士
　贝萨里翁（le moine Bessarion），指巴西利乌斯·贝萨里翁（Basilius Bessarion, 1403—
　1472），文艺复兴时期的拜占庭人文主义学者，1463—1472 年曾任天主教会君士坦
　丁堡宗主教。历史学家西罗普洛斯（l'historien Syropoulos），当指西尔维斯特·西罗
　普洛斯（Sylvester Syropoulos, 约 1400—约 1453），君士坦丁堡天主教会大主教。

***

这世上并无“东方”。

***

这世界无家可归。没有神显现，也没有神召唤。每一项真正的事业，就像每一个真正的个体一样，首先皆为“无存之物”。这无存之物既不合于既存之物，也与任何事物不符。必须努力从不知之所抵达不知之地。既无大师也无批评可以遵循。没有市场调研可以确保那无存之物不会被忽视它的人所期待。对那无存之物，不存在可能的科学、可能的批评、可能的建议和可能的意志。指路明星并不存在，必须坚定地追随那颗在语言中缺席的星辰。

多年以来，我任由自己的身体和财产被那种不可抗拒的磁力所支配，它吸走了我们所做的一切和我们的生活，它自己制造着我们所做的一切，它自己扩大着我们的生活，它哪儿也不去，它绝不像一个物体，也绝不像一个直立的、一动不动的猎物，可它却在地平线上清晰地显现，它不过是饥饿者、渴望者的可怕的运动，不过是像狂风一样卷走了自己、像海浪一样波涌的冲动而已。

没有哪部作品不指向支配它的饥渴，没有哪部作品不陷入更加膨胀的沉默，因为它将沉默置于深渊，而非填充沉默。正如古代哲学家在其冥想、论辩或体系演绎之初便宣称的那样，为了能看得更加清楚，语言不应当是一扇被遮蔽的窗子。理性无法认知自己，就像目盲无法见到自己一样。语言只能显示自己的存在，只能发挥自己诱导性的暴力，而不能表达自身。书便是这种无知的语言。它是一种不同于共同语言的能指语言。这类作品非常少见。热爱语言的人并非作家。默默写作的人则变成了不被了解的语言。

＊＊＊

《论心灵》^①这篇文论一开头是怎么写的？在罗马的一座桥上，有个人站在那儿一动不动。他一无所视。既不看天空，也不看台伯河。这位站在罗马的桥上的人被誉为"最伟大的哲学家"。有人把这个消息告诉了一位住在 *Urbs*

---

① 《论心灵》(*Idiota de mente*) 是库萨的一篇文论，创作于 1450 年，描述了一个卑微的制作木勺的匠人，其谦逊的外表下有着非常深刻的智慧。他用自己的手艺向一位哲学家和一位修辞家比喻了最高的实在：上帝和他的创造活动、作为上帝形象的人类精神、数字的地位、显示思想内在丰富性的数学。库萨的这篇文论显然是在批评经院思想家的书本学习，因为真正的知识有时会在无知者、傻瓜和被知识分子或宗教权威所鄙视的人中间找到。

（城里）的演说家，他马上就跑去了，并 *ex faciei pallore* （通过苍白的面容）认出了那位哲学家。演说家走上前去，见哲学家又长又大的托加垂到脚下，便问他站在这座罗马的桥上 *fixus*（一动不动）是何 *causa*（缘由）。

"*Admiratio*（因为好奇），"哲学家 *inquit*（回答）。

他们离开了桥。离开了鲜活的罗马，走进废墟。*Philosophus*（哲学家）向 *Orator*（演说家）倾诉，他之所以渴望来到罗马，是因为他 *Audiveram ex templo Menti per T. Attilium Crassum in Capitolio dedicato*（听说阿提利乌斯·克拉苏在卡匹托尔山上捐建的神庙里）收集了所有关于人类思想的哲学著作。

演说家说已经什么都没有了。都变成了废墟。他们在废墟中游荡。他们来到 *prope templum Aeternitatie*（万神殿）附近。一边走，一边沉思。知识、思想、永恒，都变成了废墟。他们注意到近旁的乱石堆中有一个 *subterraneum quendam locellum*（小小的木棚），便走了进去，在那儿见到一个 *Idiota*（傻瓜）正在做 *ex ligno cocleau exprimentem*（一把木勺）。那傻瓜看着他们走下台阶，便一边继续做着自己的木勺，一边说：

Coclear extra mentis nostrae ideam aliud non habet exemplar.（除了头脑中形成的形象以外，勺子并没有任何模型可依。）当我制作木质的 *cocleares, scutellares et ollares*（勺子、碟子和罐子）时，我并不是在模仿自然界中的某些东西。任何已经存在的形象我都不复制。这些勺子、碟子和罐子的形状 *sola humana arte*（只来自人类的技艺）。所以 *mea ars*（我的技艺）更像是对业已创造出的形式的某种 *perfectoria*（完善）而非 *imitatoria*（模仿），从这一点上来说，它更像是一种没有自我意识的无限的艺术。"一"便是这种艺术。

一切都是无模之物：动物学、文化、语言皆如此。"无论名字还是形状，均不能复制已然存在的形象。"赋予它们名字的隐喻同样也属于创造了山脉、花朵、沉默和黑夜的艺术。面孔、语言、大海、"历史"、沉默、黑暗、教宗的双桅帆船、花朵、山脉、勺子等等，皆为猜想。

说起歌德

歌德晚年在一首诗中写道：

我是在内卡河畔①？
还是在幼发拉底河边？

约翰·沃尔夫冈·冯·歌德在其一生的最后几年里给自己的床头灯写过好几封信。再有就是与自己年轻的妻子玩惠斯特牌戏②。他讨厌狗。他每餐都要喝一瓶酒。他曾写道："名字中有一个完全不为人知的部分在四处游荡。"八十二

---

① 内卡河（Neckar），莱茵河在德国境内的第四大支流，全长367公里。

② 惠斯特牌戏（whist），桥牌的前身。其主要玩法：通常四人分成两组，互相对抗；将一副52张的纸牌发出，每人13张牌；每人每次出一张牌，以赢墩为目的。开局前可把一种花色定为王牌。任何一张王牌都可赢过其他花色的任何一张牌。惠斯特牌戏中以最后发出的一张牌的花色为王牌花色。

岁时，他让人在自己的工作椅上装了靠枕。

有个僧侣因犯罪而被判流放。法官下令绑住他的双手。在审判庭里，法官当着那僧侣的面命人给僧侣戴上了枷锁，并把钥匙交给一名卫兵，吩咐他立即将这名僧侣押往边境哨卡。卫兵遂押着僧侣上路了。

边境路途遥远。他们在一家小客栈住下。僧侣的手和脖子都被绑着，便问卫兵能否帮忙解下腰带上的钱袋，因为他太渴了，想请卫兵和他一起喝点儿酒。卫兵感谢了僧侣的好意，弯腰解开系着钱袋的腰带。客栈老板送来一瓶酒。卫兵把碗端到僧侣唇边喂他喝。至于卫兵自己，因为活动自如，所以也喝了一大碗。老板又送来一瓶。还没喝完，卫兵就忽然醉倒在地睡着了。

寂静中，僧侣跪下来，用牙齿从卫兵腰间解下钥匙放在房间地板上。然后侧身卧在地上，用手抓住钥匙，设法打开了枷锁。他站起身，扒下卫兵的制服，给卫兵换上自己的衣服，剃光了卫兵的头，给卫兵戴上枷锁，用钥匙上了锁，然后逃走了。

第二天，客栈老板叫醒了卫兵。卫兵好不容易才站起来，还因为前一晚的酒而头晕脑胀。他盯着满脸惊恐的客栈老板，试图回忆前一晚自己做了什么，猛然想起了法官让他押送的那个囚犯。

　　他在房间里四处寻找那个僧侣。走过一面镜子时看到了自己的形象。他靠近铜镜仔细查看，镜子里映出了他的面容。他看到了自己的光头，看到了枷锁，说："那僧侣若在，我又在哪儿？"

升华之路 ①

"梦"（rêve）取代了"梦境"（songe）。"songe"一词源自拉丁语 *somnium*，不知怎么就渐渐没人用了。阳性的"rêve"一词原是个古罗马词，意思是"四处游荡的人"，而阴性的"rêve"则指古代法兰西王国对进出货物征收的关税，后来变成了一种酒类通行税。

我的《短章集》便是向我的老师们奉纳的税金。

这笔债我永远也无法偿清。

我愿意缴纳这笔"梦之税"（la rêve du rêve）。

大部分老师皆已故去，而在这些大师中，最勤奋的当属"死亡"。但真正的大师则是"梦"，它不仅统领全人类，还统领着另外三十七种脊椎动物和鸟类。

每个男性每晚都会受到一种内源性程序的支配，这种程序会诱导勃起，同时伴有快速的眼球运动。

***

母鸡和母牛每晚做梦二十五分钟。人做梦九十分钟，猫二百分钟。猫的梦已被破译：对麻雀、蜜蜂、枯叶或树枝甚至幼鼠的无情捕食。

***

我们是叙事母题的使用者，这些母题在"史"上既无确切终点，在"史"前也从无确切来源，且并非我们人类所特有。我们的叙事具有一种非人之冲动的性质。我们不能声称自己是某段历史的保管者，因为该历史在人类出现前、在东非大裂谷断裂前就开始流传了。但那始终是一段关于捕食的历史。其中充斥着欲望或狩猎的情节。当这种掠食达至其最精致的状态时，就变成了一段复仇史（人类之间的欲望）或一段战争史（人类之间的互猎）。

一、梦能让人对动物、死者、物体、女人产生幻觉及各种变形。梦是一段性急的、色欲的、贪婪的旅程，它在一连串生动的画面中欺骗饥馁、滥用欲望、保护睡眠。

二、生命以此梦对自我言说，就是说，它为混乱的岁月指明方向，有如为重复的需求提供路径。

三、人类社会利用这个所谓的梦来确立自己，讲述自己，引领自己，提升自己，换言之，就是将自己与其源头分离，从而实施统治、杀戮和繁衍。

***

如果一本书的作者所讲的故事纯属虚构，那么对任何人都毫无意义。

***

如果梦的叙述包含五个以上可辨识的情节，那么这个梦就会被认为"太长"。

***

　　这种非人的、前人类的叙述，只为人类提供了数量有限且不受控制的变体。普罗普^①指出，人类的所有叙述中，存在着三十一种可能的功能性动机。所不同者，仅为动机之间的暗示方式。所有的艺术都像一团汁液，流动中，*rheusis*（修辞）将 *rhythmos*（节奏）从一个主题转移至另一主题，从一个场景涌动至另一场景，暗示的膨胀与延伸则构成了"情节"。唯有笔调可以创新，因为它能影响重申主题的语言。

　　暗示的汁液来自梦境。笔调则是从各位大师处借来的变体。

***

　　我的老师们如下：

　　关于动机：《奥德赛》（*L'Odyssée*），《变形记》（*Les Métamorphoses*），《金驴记》（*L'Âne d'or*），《天方夜谭》（*Les*

---

① 普罗普（Vladimir Iakovlevitch Propp，1895—1970），苏联语言学家、民俗学家和艺术理论家，其代表作为《故事形态学》（*Morphologie du conte*）。

128

Mille et Une Nuits），冰岛的传说，克雷蒂安·德·特鲁瓦 [①]，井原西鹤 [②] 的所有作品，《红楼梦》，司汤达的所有作品，《呼啸山庄》(*Les Hauts de Hurlevent*)。

关于暗示：《吉尔伽美什与恩奇都》(*Gilgamesh et En-kidou*)，《圣经》，《庄子》，卢克莱修，维吉尔，塔西佗，清少纳言，蒙田，圣埃夫勒蒙，塔勒芒，尼科尔 [③]，圣西门，夏多布里昂。

关于笔调：凯撒，阿尔布修斯，使徒保罗，塔西佗，拉罗什富科，马西永，蒲松龄的所有作品，卢梭，夏多布

---

① 克雷蒂安·德·特鲁瓦（Chrétien de Troyes，约 1135—约 1191），法国中世纪传奇诗人，以创作亚瑟王传奇和圣杯传说而闻名，其作品标志着传奇文学的繁荣和成熟。

② 井原西鹤（Ihara Saikaku，1642—1693），日本江户时代的小说家和俳谐诗人，与诗人松尾芭蕉（Matsuo Bashō，1644—1694）和剧作家近松门左卫门（Chikamatsu Monzaemon，1653—1725）并称"江户时代三大作家"。

③ 清少纳言（Sei Shònagon，约 966—约 1025），日本平安时代的女作家，有随笔集《枕草子》(*Les Notes de chevet*) 传世。圣埃夫勒蒙（Saint-Evremond，1614—1703），法国作家，著有《院士的喜剧》(*Comédie des académistes*) 及其他文史论著。塔勒芒（Tallemant），或指弗朗索瓦·塔勒芒（François Tallemant l'Aîné，1620—1693），与其兄热戴翁·塔勒芒（Gédéon Tallemant des Réaux，1619—1692）、其侄保罗·塔勒芒（Paul Tallemant le Jeune，1642—1712）同为法国作家。尼科尔（Nicole），或指皮埃尔·尼科尔（Pierre Nicole，1625—1695），法国詹森派神学家。

里昂，德·博瓦涅伯爵夫人，哈罗，柯莱特 ①，巴塔耶。

***

有两位老师还在世：皮埃尔·克洛索夫斯基和路易—勒
内·德·弗莱。他们从未让我失望过。

我从没给他们看过我的手稿。我给他们看的是我以
"短章" ② 这种秘密文体、以"升华之路"这种方式创作的最
初几部作品。当然，通过这种"升华之路"进行的强化练
习也时有变化。但通常情况下，这些练习是相互叠加而非

---

① 阿尔布修斯（Albucius），或指提图斯·阿尔布修斯（Titus Albucius），罗马共和
国晚期的著名演说家，公元前 105 年曾任罗马执政官。拉罗什富科（François
de La Rochefoucauld，1613—1680），法国作家，有《道德箴言录》（*Réflexions
ou sentences et maximes morales*，简称 *Maximes*）传世。马西永（Jean-Baptiste
Massillon，1663—1742），法国主教，著名演说家。德·博瓦涅伯爵夫人（Mme
de Boigne，1781—1866），本名阿黛拉伊德·夏洛特·露易丝·埃莱诺尔（Adélaïde
Charlotte Louise Éléonore），又叫阿黛尔·德·奥斯蒙（Adèle d'Osmond），因嫁
给德·博瓦涅伯爵而称德·博瓦涅伯爵夫人，有《回忆录》（*Mémoires*）五卷传
世，是关于法国七月王朝的重要历史文献。柯莱特（Sidonie-Gabrielle Colette，
1873—1954），法国女作家，代表作有《克罗蒂娜》（*Claudine*）、《感情收敛》（*La
Retraite sentimentale*）和《亲爱的》（*Chéri*）等。1954 年当选龚古尔文学院评奖
委员会成员，后担任主席。
② 短章（petit traité）是欧洲 17 世纪古典文论的一种文体，帕斯卡·基尼亚尔曾以
该种文体创作过八卷《短章集》。该词尚无标准汉译，拙译暂以"短章"译之。

相互改变的。

我之所以在此提到他们，是因为我当时忘了列出他们的名字。

去世的老师有两位：埃米尔·本维尼斯特①和乔治·巴塔耶。

***

维斯塔②是最古老的罗马女神。她属于罗马十二大神之一。阳亢的驴子是其祭牲。维斯塔贞女③有两位。皆出身罗马望族，六岁时即被大祭司带走，此人一言不发，也不征求她们是否同意——这让她们的父亲既感惊讶又觉骄傲。在十年见习亦即十年修行期间，她们应该既未见过男人也不知将会担任何种圣职。她们的职责是守护城市广场上的圣火，并保管一件被称为"法西努斯"的神秘物件。她们都蒙着面纱。如果和某个男人交往，面纱虽可为其

---

① 埃米尔·本维尼斯特（Émile Benveniste，1902—1976），法国语言学家。

② 维斯塔（Vesta），罗马神话中的女灶神，是家庭的保护神，与希腊神话中的赫斯提亚（Hestia）相对应。

③ 维斯塔贞女（les Vierges vestales），古罗马供奉女灶神维斯塔的贞女祭司。

性别提供保护，但她们仍会被禁闭在一个被称作"罪孽"（Scélérat）的地窖里死去。

公元前2世纪末，有位大贞女①曾宣称其侍奉的圣火从未荫庇过传统，她称这一传统既不藏匿于各家各户灶膛的橡木柴里，也从不在其姊妹收集的灰烬中："这一传统与我们的贞洁无关，也与我们的面纱无关。它既不是燃烧的瓦罐，也并非粗俗而紧绷的小雕像。传统屹立在火焰中，与火焰一同跳跃。传统存在于汁液里，与汁液相伴相生。"

❋❋❋

但丁曾经写道，双手伸向炉膛，就会感到一种从无数余烬中升腾的独特热量。

＊＊＊

真正的情节、家族的情节、宫廷的情节、战争的情节、爱情的情节、小说的情节，其特点是卷入其中的人们开始

---

① 大贞女（la Virgo Maxima），古罗马时期，维斯塔贞女从最初的两位发展到六位，故需从中选出一位负责人，称"大贞女"，负责贞女的日常管理和出席罗马的宗教会议。

时并不知自己已经卷入，但在接下来的场景中却精准地扮演了各自的角色。只有故事进行到一半时，人们才会对整体策划略有感知。唯有此时，人们才会意识到存在着某个与无规律的日常生活有别的情节：遽然间，所有卷入其中的人都感到自己的行为正受到一场游戏的威胁，该威胁终结其自身并将席卷一切。

***

在肌肉下意识的抽动下，精液喷射出尿道。每次射精包含两亿到一百亿颗精子。

真正的风格便是抽动——此种抽动是梦的目标，抽动中，男根逐渐勃起。

这种抽动，这种 *rhythmos*（节奏），它介于梦境和语言之间，介于生命和黑夜之间，介于起源和世界之间。在王国的入口和出口处，这个梦被感知。

***

对读者来说："小说是从墙之罅隙中瞥见的一缕微光。"

对作者而言："笔调是我心中鲜活的那一部分。"

一本书永远有三种截然相反却从不重叠的意图：

一、*intentio auctoris*（作者的意图）；

二、*Intentio operis*（作品的意图）；

三、*Intentio lectoris*（读者的意图）。

还有第四种意图，它融合并引领着每一种意图，但每种意图都忽略了它（作者有文本效果和自我形象这两种意图，作品则希望拓展其稳固的自主想象，而读者在好奇心驱动下渴望阅读）。

***

如果想看得见，阳光很重要。其次才是眼睛。

如果没有阳光，就要尽可能地靠近窗子阅读。

***

为什么回忆梦境如此艰难而短暂，就像乌龟突然缩起了头？

就像龟头缩回了包皮？

***

"你们还记得火化后去了哪里？"

去了小说和梦里。

在小说中，他者就是我，我就是我所追捕的他者。

这就是为什么一个放弃了个人和性别身份的人会写出一摞摞稿纸的原因。

这就是为什么会出现诸多角色的原因。

这也是为什么会有那么多读者和作者的原因。（因为语言出现之前并不存在"我"和"他"。）

叙述、情节、纠葛、暗示、*story*（故事）、记叙、家世、年表和排序，我不会对它们进行区分。我如果在罗马的一家餐馆里招手高喊："*Il conto*！"（账单）便是在索要一份明细（头盘、意大利面、主菜、甜点、咖啡），这份账单在以货币形式表示等价物之前先会说明发生了什么，因为价格的变化首先是时序的排列。

我的《短章集》便是这样一份 "*il conto*"。

故事发生的地方便是故乡。讲故事的书面语则为异乡。

图像交织的每个场景的每次到来都应当是身体的一次悸动。

有故乡，便有异乡、有流动；在异乡，在拥挤的图像与地域背后，是另一个世界。

***

木匠打造的床榻不会让身体各部位都与床严丝合缝。

***

任何表达梦想却不挑战梦想的作品都索然无味。

作品如不涉及作者的整个童年时代便毫无意义。

作品即测试。一位全身心投入的扑克玩家死于其上。当他在低垂的眼睑后瞥见故乡和幽灵时，那是神意的裁判。当他用词语把翻滚的、泛滥的、在黑夜之海中涌动的波浪表达出来时，那是神意的裁判。当他出版了这本书，当他让别人听到这首奏鸣曲或看到这部电影时，那也是神意的裁判。

他要在这黑暗王国中进进出出，才能将黑暗转换成人类的语言。写作不仅意味着漂泊，也意味着死亡和复活。

***

临济禅师[①]从没写过什么，但却是一位令人困惑之风格的大师。或者这样说："临济禅师是一位令人困惑之风格的大师，正如保罗[②]是一位迅猛激亢之风格的大师。"自生命诞生的那一刻起，唯有语言能给予生命以款待。希腊史上最伟大的修辞家洛吉诺斯曾描述过生命如何回归书面语言。一部文字作品必须在其书写者心中胸有成竹，犹如打火机喷射火焰。写作者须能蓦然看透场景，没有屏幕，没有理论，没有事先安排，但最重要的是，没有语言。

他须像做梦一样目睹那些场景。语言只能用来言说，然后会走样地演绎相关梦境，最终会让那些愿意聆听的耳朵感到厌烦，而那位古代的梦想家则边揉眼睛边吃早餐，还打开了一小听果酱罐头。

叙事也须以同样的方式喷发，就像用拇指捻动打火机，让打火机喷射出一毫米高的火焰。

---

① 临济禅师（Lin-tsi，? —867），名义玄，唐代高僧，佛教禅宗之临济宗的创始人。

② 保罗（Paul），当指保罗·戴密微（Paul Demiéville，1894—1979），法国汉学家和敦煌学者，法兰西学士院院士，在佛学、敦煌学、汉学史和中国文学领域皆颇有成就，译有《临济禅师语录译注》（*Entretiens de Lin-tsi*）。

作者不过是那只拇指：他不是打火机，也不是火焰。

对读者而言，他借助那道火焰蓦然在黑夜中看到了一切。

沉默吹旺了那道火焰。

对读者和作者来说，从阖上书的那一刻起，黑夜一定比开卷前更黑，或者比著书前更黑。

语言不过是灯。笔调不过是变得更加渴望的世界。无论后者还是前者，都不是火焰。

小说承载着另一些东西，而不仅仅是语言构成的世界。

***

曾任贝莱 ① 主教的法国小说家让-皮埃尔·加缪神甫在

---

① 贝莱（Belley），法国城镇名，位于奥弗涅-罗讷-阿尔卑斯大区（Région Auvergne-Rhône-Alpes）的安省（Département de l'Ain）。

路易十三 ① 还在世时就写过一百零八部小说，他为其作品中的无限虚构对自己所在的等级做过如下辩解：

"对那些有血有肉的人来说，需要有鲜血感动他们。"

***

1618 年，让-皮埃尔·加缪还曾写道："无论在哪儿发现了漂亮的物件，都应毫不犹豫地据为己有。"

***

亚里士多德用三个词语来定义情节："开始，过程，结束。"

对古希腊人而言，这种传承背后的 *pattern*（动机）与生物学有关，甚至与生平有关。这无异于在说："出生，*akmè*（掠夺），死亡。"

---

① 让-皮埃尔·加缪神甫（père Jean-Pierre Camus，1584—1652），法国神学家和作家。路易十三（Louis XIII，1601—1643），法国国王，1610—1643 年在位。

***

　　亚里士多德说悲剧的秘诀在于情节交错与冲突解决，即 *Desis*（联结）与 *lysis*（解析）。当代学者将 *lysis* 保留在了 *psychanalysis*（精神分析）一词当中。就 *psychanalysis* 一词而言，这是解锁不断反复之噩梦的问题，在这种噩梦里，人的生命被禁锢在一系列令人不快和窒息的场景当中。所有的痛苦都是一场写得很糟糕的梦。作者构建了一个想象的生活故事，让读者身历其境，体验自己的生活和可能发生的故事。

　　犹如精神生活一样，哭喊复仇的痛苦所需要的不过是一个故事。

　　比之黑夜中的游荡，痛苦之混乱更偏爱精心策划并赋予其意义的不公正的谋杀。家族、村庄、城市和人类社会同样都偏爱意义而非黑夜。

　　但，那意义不过是黑夜中的一场非人道的梦。

***

抵达萨摩亚群岛①后，史蒂文森②记录下了自己的"升华之路"。他将神奇的悬念、有节奏的跳跃和《圣经》中的典故融入同一部作品③。他承认优秀的风格就是令人痛恨的风格。爱没有风格，因为爱没有距离；如何才能使融合或渴望融合变成疏远，变成疏远中的喜悦？史蒂文森更喜欢在暴力叙事中添加冷冰冰的喜悦并设置性虐待的情节，以此暗示那始终是一场谋杀的计划。

一切都须是永恒的、过时的、寡合的、叵测的、兽性的、坦率的和侵入性的。

***

至于风格，唯一值得注意的是他记得自己是一只猛禽，

---

① 萨摩亚群岛（l'archipel de Samoas），位于中太平洋南部，距新西兰 2600 公里。

② 史蒂文森（Stevenson），当指罗伯特·路易斯·史蒂文森（Robert Louis Stevenson，1850—1894），英国小说家。早年四处游历，后致力于小说创作，取得极高成就。其风格独特多变，对 20 世纪现代主义文学有重大影响。1890 年起他定居萨摩亚群岛，直至去世。

③ 指史蒂文森在萨摩亚群岛定居时创作的小说《巴伦特雷的少爷》（*Le Maître de Ballantrae*）。

就像那只在交尾的梦境中翱翔的虚幻的鸟儿。风格的好坏取决于它对读者的影响。

这种风格定会让读者昏厥，就像田鼠见到毒蛇昂首靠近且发出咝咝声时被吓得魂飞魄散一样。

此即为何那些阅读者会一动不动的原因。他们都被迷住了。

此即为何那些做梦者几乎一动不动的原因。唯有男根勃起。

着迷，便是那索命的眸子。

***

射手用眼瞄准靶心。书瞄准的是最后那个句号。该句号是作者与读者唯一相遇之点：他们在此相见并道别。

该句号，就是他们相互厮杀的点。

该句号，就是他们死去的眸子。

所以说，想象让读者的肉身回归现实，犹如大海把浮尸送回海岸。

此即为何作者不能与读者见面的原因。当作者同意为书店刚上架的新书签名售书时，他会坐在一张小桌旁；他会向把书递给他的某人打个招呼。后者俯身向前，却不能说话。前者打了招呼，却无话可说。因为后者已不再是读者。前者也不再是作者。

那都是他们的尸身。

***

读者和作者唯一能相见的空间场域便在那句号里。

这种相见的持续时间最短，最长也超不过四分之一秒。

读者发现自己被这个虚假的世界突然遗弃了，对该世界遽然离他而去万分烦恼。而作者则对自己兵不血刃便斩落一具头颅感到难以言传的迷茫和喜悦，他躲了起来，不敢说这就是他的职业。

***

真实的故事只有以强势的、无须言说的角度讲述时才变得迷人。

***

优美叙事的前提条件：无礼，玩世不恭，冷漠，不人道，道德缺失，不以言胜，轻蔑；报复性的欢呼；读者的尊重；作者与主人公之间的敌意；滑落四处的边缘性思考及其次要且深刻的特征；形式上的极端自由。

***

此乃作者与世界之间的敌意。敌意意味着激烈竞争。我将小说家分为相互敌对的两大家族：

一类是那些热爱自己笔下人物的作家，而无论这种爱是矛盾的还是无意识的。他们是奥维德、克雷蒂安·德·特鲁瓦、曹雪芹、司汤达、勃朗特等（甚至还可以再加上弗洛伊德和他的病人，由此可达至佛教那种无情且近乎狂喜的慈悲）。

另一类是那些蔑视自己笔下人物的作家：琉善、塞万提斯、伏尔泰、福楼拜、纪德、赛利纳、纳博科夫等[1]。我搞不懂这类作家。任何一部小说，但凡小说家在其笔下人物的背后卖智弄巧，以此来鄙视自己的行为并嘲弄将这些人物引入的那些圈子——没人强求他这样做——我就会将其甩在一旁。在我看来，那已不再是故事、长篇小说、悲剧、电影、中短篇小说或剧本了。

***

恨是可能的。爱也是可能的。其他感情则太过次要，太过考究，既非梦幻也不够人道。我无法认同作者应优先

---

[1] 琉善（Lucien），或指萨莫萨塔的琉善（Lucien de Samosate，约120—约180），罗马帝国时期以希腊语写作的讽刺作家，有以游历月球的奇幻短篇《信史》（*Histoires vraies*）及一系列对话集传世。纪德（André Paul Guillaume Gide，1869—1951），法国作家，1947年因其作品"以无所畏惧的对真理的热爱，并以敏锐的心理学洞察力，呈现了人性的种种问题与处境"而荣获诺贝尔文学奖。赛利纳（Céline），或指路易-费迪南·赛利纳（Louis-Ferdinand Céline，1894—1961），法国作家，原名路易-费迪南·德图什（Louis-Ferdinand Destouches），代表作为《在茫茫黑夜漫游》（*Voyage au bout de la nuit*）。纳博科夫（Vladimir Vladimirovich Nabokov，1899—1977），俄裔美国作家，20世纪杰出的文体家、批评家、翻译家、诗人、教授和鳞翅目昆虫学家。其小说《洛丽塔》（*Lolita*）被认为是20世纪文坛最著名和极具争议的一部作品。

于叙述者的说法，也无法认同傲慢、讽刺、立论、自负、自恋占据中心舞台，更不会认同让读者最终意识到自己的读者身份，也就是说，意识到自己以语言为全部灵魂的人的身份。

我们不可能既做梦又清醒。

***

解读佛经只需触及正文首尾。它会将最个性化之物引入类别，再将类别引入链环，再将链环引入火，再将火引入虚空。最奇异之物来自虚空。虚空允其存在。

有时是沉默加虚空，有时是黑夜加虚空。虚空、黑夜、沉默皆允其存在。

随后，"无存之物"会令其在此沉沦。

"无存之物"是另一个世界的映像。

就像我们用钓竿从海里钓上来的一条小鱼，它已不再是一条鱼，而是一具尸首。

***

"放开我！当心点儿！你把我推到深渊边上了！"

"你已经掉下去了！"

这便是来世。

***

在例证的独特性和语句的普遍性之间，叙事以自己的方式延伸。在历史和非历史之间，来自人类之前的某个世界之物在虚空的边缘，在融合的边缘，在分离、语言、时间和思想的边界找到了能用来筑巢挖洞的那个东西。

***

在 *dictum impersonale*（非人格化的格言）和不可言说的、幼稚的、盲目的、性别的、暴力的或生物性的奇闻轶事之间，梦徘徊于语言之中。

***

比起冗长的描述、无用的话语或总是专注于形容词深度的反思，那些罕见的、极其强调具体细节的文字及其出乎意料的精准更具现实性。

有人说，为无意识定义便意味着惊奇。

文本中，真实的作用意味着驾驭精准的语言。

***

朋友们在演讲或作家们在叙事时，偶尔会有不雅言辞脱口而出，这是一种充满喜悦的能量，即便语言旋转门在我们心灵深处不停转动都难以及此，因为它屈从于重复和习惯的陪伴，而这种重复和习惯是任何人都无法摆脱的。这就有如某种气味。我们可以把这种亲密的、脱口而出的语言陪伴称为人类的良知，也可以称其为人类的恶臭。

***

我们无法回避小说家男根勃起这个私密话题，哪怕这

149

话题可能显得龌龊，因为无论是男根勃起还是睡梦中因连串影像引发的眼球运动，皆属命运。

没有安全的、梦游式的幻觉形象的渐进，没有这种形象在呈现其语言之勃起中的刺激、活跃、成长和倍增，就没有小说。

***

因为，没有什么能动摇做梦者的信念，也没有什么能削弱读故事的人的信心。所以，没有什么能让他们从这种自甘昏迷中解脱。他们醉心于此便意味着接受，就像他们可以随时放弃一样；正因为可以随时放弃，他们才有可能完全沉溺于情节；正因为有可能完全沉溺于情节，作者才须坚定自己的创作信念，以免危及自己的渴望。

***

博物学家宣称不能用死苍蝇喂蜘蛛。蜘蛛不吃死苍蝇。但那不是因为苍蝇死了就不能吃，而是因为蜘蛛只有结网完毕后才会去吃一只活苍蝇或一只死苍蝇。

***

1610年，皮埃尔·马蒂厄①在其诗集《生死记事簿》
（*Tablettes de la Vie et de la Mort*）中咏唱道：

> 生命宛若一张牌桌，四位玩家
> 团团围坐。时间高高在上，说：
> "过！"爱情在打盹，在颤抖。
> 人看似不错，可死神将一切掳走。

　　最初的场景是生命诞生，就是皮埃尔·马蒂厄称作爱
情的那个东西。出生、爱情、死亡，也可叫作开始、过程、
结束。在梦境中，出生、爱情、死亡——开始、过程、结
束——不断反复，而此场景又复制出彼场景，甚至变为复
制的工具。

　　几页之后，皮埃尔·马蒂厄又咏唱道：

> 生命是闪电，是传说，是谎言，
> 是孩子的呼吸，是水上的画面，

---

① 皮埃尔·马蒂厄（Pierre Matthieu，1563—1621），法国作家、诗人、剧作家和传记作家。

是守望者之梦，也是梦影翩翩……

***

在历史小说中，我似乎很擅长使用中国人的技巧，即只有在强调非现实性时才会标注日期，也就是说，当标注日期完全没有用的时候。这就是说，当悲剧性接近梦境时，标注日期完全没有用。这就是说，当精确性本身变为历史幻象时，标注日期完全没有用。

我们所谈论的时代里，只有那些无法传承到另一时代的饰品才应该被保留下来。那些穿孔的骨头就像时间之手的骨架：任何情况下，它们都不可能在时间之虚无中成为真正的标识。

那些表语，那些雕虫小技，那些虚妄的日期，肯定会让读者迷失方向。

也只有这样，读者才会有身临其境的感觉。

所以说，我们之所以在那里，是因为我们就在那里，犹如我们生前的生活。

也就是说，没有出生前九个月的那场必然发生的隐秘交合，就绝不会有我们的生命存在。

***

故事里的一切都一分为三。一切事物的发展都有赖于三元阶梯。每条"升华之路"都有三个阶段。所有梯子都有三个梯级。一个真实的故事总是三乘三。就是九个月。有句法国谚语说："有二必有三。"此即电影爱好者所谓"悬念"的定义。每个人，无论属于何种文化，都会急切地期待第三步。《圣经》有云："审判日将在两天后到来。第一天，是准备的日子。接下来的一天，所有人都对它背过身去。最后到来的，是第三日。"

对这个第三日，圣经说："它如贼而至。"

这就是悬念。

悬念的未来之死便是如此，悬念是预兆的前因，故事中的人物一开始并不能领会；此后它又是预感的前因，它跌入其中，想仓惶避开，结果却一头栽了进去。

《道德论丛》^① 说，人生在世，必为浮云遮望眼。

如同生命在宇宙中迷失，在黑夜中迷失。

一旦出生，男人和女人便迷失和葬身于死亡的洪流。

要么是孩子把"二"变成了"三"。要么是"二"变成了"一"。

男人只有一种属性。绝无两种。（我不知为什么。）

女人都追求两种相互矛盾的属性。从来不是一种。（我也不知为什么。或许是因为物种根据某种属性而被划分为阴阳两性吧。正是这种属性的缺失让女性失去了耐心，而在小说中，这种缺失的属性总以两种矛盾的形式、在两种呻吟之间显现，有如岔开的两腿，却不见一个孩子。）

每个父亲都不透明。（我仍不知为什么。父亲一旦变成

---

① 《道德论丛》(*Moralia*) 是普鲁塔克的作品。

其行为受到明确动机激励的角色，便会支离破碎；变得很友好；变得善解人意；变得有手足之情，而不再像是父亲；遽然间，他便分崩离析了。）

每个角色都有自己的语言。

任何角色，其推定的行为和适当的领地都包含在名字当中，并与之应和。

角色的名字不应与其他名字应和。

角色的专有名称并非其他名字的韵脚。

***

只要是人，就不该只有一种情感。

只要是意外，就应该没有动机。

***

世阿弥在自己的"升华之路"上遵循的是《维摩诘经》

（ *Vimalakirti-sutra* ）中的一段经文：

"善恶非二，邪正为一。"

***

运用独一无二的戏剧、服装和装饰元素，方可不陷入竞争或因厌烦而失败。

一顶帽子，一匹骏马，一把手枪，一片沙漠。

只要我们希望小红帽[①]继续存在，只要我们希望她不离开我们的视线，就无须谈论她的裙子或鞋子，也用不着对她眼睛或头发的颜色说三道四。

在戏剧中，如同在绘画、电影、歌剧中一样，角色的行为不应与人类的行为亦步亦趋。强烈的在场感应介乎于自然与世俗规则之间，介乎于儿童或野兽或尸体之间（即介乎于开始、中场和结束之间），而无分年龄与灵魂。

———————————

① 小红帽（ *Le Petit Chaperon rouge* ）是一则家喻户晓的欧洲童话，流传数世纪，在此过程中其情节也在不断变化，在现代亦拥有众多改编作品。

***

正如感觉不在"已感知"（le senti）或"正在感知"（le sentant）中，情节也不在作品或读者中（更不用说它不在人物或作者家中）：情节是其共同合作的结果。

除却作品的意义，是情节传递出作品所投射的世界，是情节构成了作品的视野。

两个视野合二为一：此点即为当今世界与另一个世界的节点。

还有一位不可见的参照者，是它在欢迎读者或观众，是它在欢迎作者，可它却神龙见首不见尾。

我们必须始终牢记主题之外还有另一个世界。我们必须清晰地辨别主题和情节中的另一个世界。

***

另一个世界超越了这个迷失的国度。（这个国家是历史。风格是该国的异域情调。另一个场景被主题所忽略：

各类主题由此而来的那个"场域"。那"场域"最终要在此迎候历经漂泊或毋宁说历经饥馑、狩猎、欲望、蜕变、爱情和生活之后到来的迷失之国度的居民。但他们看不到这个"场域"。来世不可显现。原初的场景只是梦境连连者的梦想。与出生不同，我们甚至无法直接梦到决定自己出生的那场交合：对我们来说，那场景 *inattingibilis*，遥不可及。）

***

艺术创作的基本条件是形成一个有机系统，该系统中各个部分相互制约，并暂时从死亡中解救出整体，就像从母亲体内和窥伺它的尸体中暂时解救出生命主体一样。

***

世阿弥在自己的"升华之路"上说过："如果你只演绎不同寻常的角色，你就不会不同寻常。如果你能推陈出新，新与旧都将不同寻常。"

司汤达在自己的"升华之路"上讲过他是如何发现了 16 世纪的德·桑塞维利纳公爵夫人（la duchesse de Sanseverina），

又是如何让她与梅特涅先生①邂逅，以及 1830 年时住在考马丁街的这位亨利·贝尔②是如何决定与圣西门的创作风格竞争的。这就是《巴马修道院》（*La Chartreuse de Parme*）。

想象只会伤及时间，而梦却可以忽略它。为拥有一个想象中的世界（一个不存在的世界），这个迷失的国度就必须在不授人以柄的前提下撕裂时间。司汤达声称，写作就是要修复时空中那不可能的裂痕。他的作品正因为有了这些短路才充满奇妙的火花。在伤口难以愈合、性爱得不到抚慰的同时，他也在竭力治愈和安慰死者。

公元 1 世纪时，普布利乌斯·科尔奈利乌斯·塔西陀住在翁布里亚。他迎娶了布列塔尼征服者的女儿为妻，还记录了奥古斯都大帝驾崩后的罗马史。他在《历史》（*Historiae*）第一卷中提到过一位名叫薇拉尼娅·杰米娜（Verania Gemina）的女人。薇拉尼娅是一位贵族，她的丈夫在维斯塔神庙被一个百夫长砍掉了脑袋，她只得以六塞斯特斯③从那个百夫长手里买回她三十一岁丈夫的头颅，然后把头装

---

① 梅特涅（Klemens von Metternich，1773—1859），19 世纪奥地利著名外交家。

② 考马丁街（rue Caumartin），巴黎街道名，在第九区。亨利·贝尔（Marie-Henri Beyle）是司汤达（Stendhal，1783—1842）的本名。

③ 塞斯特斯（sesterce），古罗马银币名。

在一篮灯芯草里带走了，因为她爱她的丈夫。司汤达从塔西陀的书里夺走了这个薇拉尼娅，将路易十三时期的一位女投石党人 ① 叛逆而浪漫的灵魂赋予了她，再用一辆 1827 年的出租马车把她拉走了。她把刽子手刚刚砍下的爱人的头放在膝上。就这样，薇拉尼娅·杰米娜就变成了玛蒂尔德·德·拉摩尔（Mathilde de La Mole）。这就是《红与黑》。

***

语言中的一部小说，语言规则中的一个 *hapax*（孤例），时间中的一个 *lapsus*（谬误），空间中的一次 *raptus*（爆发），守望中的一个梦幻。

***

在作者的意图和读者的期待之间存在着两种愿望。（情节只是丝弦，意蕴只是总谱，音色只是演奏。）

首先，两个相爱的人紧紧拥抱。其次，孩子紧紧抓住母亲不放。这是条件的第一个悖论。

---

① 投石党（la Fronde），法王路易十四（Louis XIV，1638—1715，1643—1715 在位）未成年时在法国发生的一场反对专制王权的政治运动。

二元是人类的起源，或不如说，是所有小型哺乳动物的起源：主体被依恋，客体依恋。动物中，任何个体间的关系都是二元的。从来不存在三元。

人类情节中，任何第三方都被系统地排除在外。

有三必有二。

"三"永远无法结束。

说实话，我认为只有"一"才能真正结束一个情节。没有一个梦是被梦过无数次的。

***

新石器时代的埃及提出了第二个悖论：太阳以黎明、天顶和黄昏（即开始、过程、结束）的形式确定时间。

首先，太阳坠入"不可见"，方始重生。其次，人类坠入"不可见"，便即死去。

太阳和人不识同一个黑夜。梦是人类的太阳。

***

人们相恨时会加害对方。

人们相爱时也会加害对方。

人甚至对自己也并不友好，也要加害。

刚刚被死亡夺去生命的某个男人或女人的奇闻轶事——这些奇闻轶事本是为了让他们显得可爱——也从未让人们对其产生理解和鲜活的感觉，而且其亲属在他们去世次日仍会嘀咕他们的嗜好，说他们的癖好难以理解、乱七八糟。

***

凡是心理活动，必会削弱行为并弱化行为者。这是一种疯狂的景象，它想从我们的理性中去除那些谬误或不完整的托辞，甚至还想从我们的意象中清除那些不恰当或潜在的欲望，而正是这些隐秘的托辞和欲望令其自身如此迷人。

只有一位异常消沉的人看得很清楚，他惊呆了；他发现了世界的赤裸、时间的慵懒、空间的寒冷和灵魂的空虚，他屈服于死亡的欲望。对他来说，睡眠就是冥王之夜，即"无形的世界"（l'Invisible）。但他做了梦，于是一切都变得可见。甚至自杀的欲望也变成了一种渴望。这意味着他梦见了自己内心中的英雄形象，即一位勇士的尸首。

消沉者写不出小说。消沉就不该写小说。这种抑郁状态只能用来写文论。

盲目、欲望和梦（睡梦中的太阳）属于哺乳动物生命中的部分真相。所以说，那些还活着的人、还能勃起的人和不吃麻醉药的人皆属可疑；那些睁大双眼想看清自己受胎、自己出生、自己的母亲、自己的家族的人，那些想看清大地、城市、流逝的岁月、情色的拥抱和自身之死亡的人，那些想看清自己的肉身每日在白昼间移动、每晚在黑暗中三次舒展并撅嘴贴着被单酣睡的人，还有那些想看清每个夜晚、每次睡眠和九十分钟的梦境中——那些梦总是周而复始地梦到幼鼠、母鸡、奶牛和猫咪——将自己与漫长的世纪和世界隔开的人，也都是可疑的。

***

心理学缺乏真实性。

真实，意味着始料不及。

想给任何行为都找到理由，只能让人耸耸肩膀。

理性原则（认为世上万物皆有理性）只会让修辞家发
笑。在修辞家看来，玄学家是个不了解语言固有之暴力甚
至是害怕做梦的人。理性原则会让小说像历史学一样不可
思议、平庸、徒劳、短暂和唯利是图。

***

开局时的出牌在任何情况下都不可能是终局时的赌注。

***

对蚂蚁和蜜蜂来说，路径本身意味着收获。

***

那是捕食者扑向猎物前的最后的兴奋。

那也不过是一波新的涌浪。

***

公元前 2400 年，埃及第五王朝的大臣普塔霍特普 [①] 曾经写道："艺术无涯。"

***

对写作行为的戏剧化和拔高吹捧可以追溯到 17 世纪，并在 19 世纪达到顶峰。这些对小说来说，纯属毫无必要的 *addenda*（画蛇添足）。不屑和 *limes*（限制）更适合它。类别（童话、神话、传说、小说等）和分析（语言学、文本、美学、心理分析等）都是复杂的陷阱，是猎人背囊里可有可无的东西：它们与了解猎物毫不相干。

---

① 普塔霍特普（Ptahhotep），古埃及第五王朝法老杰德卡拉（Djedkarê Isési，约前 2381—前 2353 在位）统治时期的大臣，也是该时期著名的思想家和教育家，有《普塔霍特普箴言录》（*Livre des Maximes de Ptahhotep*）传世。

我们做不到边转身边发动攻击。

小说不应涉及小说家。心理学也是如此。可怕的喋喋不休、对创造者的神化都与那些大胆形象的出现和移动毫无关系。

想要找到意义的人与想要生活的人永远不会在大地上相遇。

***

衰老和庄严都属于动物性。严肃、冷漠是某个比人类更古老的舞台的回声（年轻、顽皮、兴奋、好奇）。

***

利：画外音的使用（从叙述者角度介绍）让我们目睹了没机会看到的东西，让得不到认知的事物开始流行。画外音皆在场外。

弊：角色失去了活力。作品的涌动不再那么自由。这几乎是心理上的。它将言下之意从属于某种观点，屏蔽了从该观点出发看不到的所有场景。它会破坏能量。

利：首先，它在实践中承认存在着一个与言说中不同的世界；其次，其展示之物不同于已展示之物。

有人说，另一个属于我们源头的场景与其说是影像的幻觉，不如说是画外音的痛苦。

***

画外音更适合电影，而不是以第一人称叙事的小说。

因为黑夜里只有做梦的人做着自己的梦。

***

流体变成固体，就无所适从了（熔岩原理）。

任何固体都会液化。（就像冰淇淋会随着温度升高而融化并滴落一样。）

＊＊＊

从来就没有什么心理学。因为微心理、自心理都离语言太近，离梦太远，离世界太远。心理学、微心理学皆为语言之黎明的杀手。

还有一个弊端：心理学占据了大量页面，却并未增加哪怕一克的真实。

即便无风，树木也照样落叶。

＊＊＊

我们无法一开始就用语言交流。

孩子们开口说话前想要的不是语言。促使他们学习语言的不是因为语言存在，而是他们母亲的嘴，是母亲嘴边的微笑，是祈求的眼神。

叙事中，对身体的描述、气味、衣服、抽搐、表演、动作或无来由之僵化传达了更多情感，节省了时间。

***

每当我想就人们的议论说点儿什么的时候，我虚构的人物演讲中总有一点我做不到。昆图斯·贺拉斯①说必须把这一点抹除。因为这些人物所缺的不是一句话，而是沉默。我猜想我的角色们的沉默是什么：可我做不到。我尽力通过描述他们的动作来表达这一点而很少是他们的想法，大多数时候我都在描述他们的茫然和沉默。

但即便如此，我更怀念的还是这种有效的沉默，而不是表达沉默的句子，更不是沉默的词语，这种沉默对我们每个人来说都是自然的，就像我们生活的基本论点，即使我们死后也不会交换。（脊椎动物死后的那种平等的或者说是特定的沉默就没有那么丰富了。它远没有一个鲜活的女人的沉默——突然不语且保持沉默——那么有力、那么有个性，也远没有一个鲜活的男人的沉默——突然拒绝表达情感——那么有力、那么有个性。）

鲜活的沉默：人物的这种语意上的沉默，对我们来说似乎没有动力。这比他们的名字更像是他们的名字。因此，

---

① 昆图斯·贺拉斯（Quintus Horatius Flaccus，前65—前8），古罗马诗人、批评家和翻译家，古罗马文学"黄金时代"的代表人物之一。

我鄙视心理学。因此，心理学被排除在我所有的故事或传说之外。

那是在成为灵魂之前的动物的、梦想的、鲜活的、温暖的、移动的、无畏的肉身，他们相信自己是由动机或理性驱动的。

当我们发现自己面对着一具尸体时，言说者特有的沉默消失了。死者身上，*reticentia*（沉默）不再是出于自愿。面对着死者的尸身，发现这种不再拒绝言说的沉默先是令人感到难以忍受，继而让我们陷入某种一成不变的痛苦当中。

一具缄默的肉身。

***

读书者陷入缄默。

读者以眼进食。读者以耳咀嚼。

罗马元老院为高卢战士安排了盛宴。只要罗马人不动弹，高卢人就把他们当作神。一旦高卢人看到这些"国父们"（Pères）活动四肢并听见他们打算讲话时，便杀死了他们。

***

若每个场景中都要有一根棍子，那么每本书中就要有一条河。

标记 *tempi*（节奏）。

（*lento*，慢板的场景；*allegretto*，小快板的场景；*andante*，行板的场景；*obstinato*，持续的场景。）

tempi（整体的节奏）不受 *tempo*（节拍）的约束：此乃 *tonos*（音调）特有的张力。

***

一位作家，意味着一个被某种笔调吞噬的人。

小说家毕生都在追逐自己故事中讲述的东西。

＊＊＊

读完一本小说后，要用下述三条标准对每个角色的命运进行三次筛检：

一、先衰后盛；

二、先功后赏；

三、先错后罚。

＊＊＊

不同寻常可超越控制效果。此种手法可达至粗鲁甚至能营造突如其来的淫猥效果（但绝不要反复使用）。

那是粗俗对雅致令人不解的攻击。

有如拥抱同类的那种快乐时刻一样既期待又不可预测。

交际花也可成为谷仓伴侣。（文论中从未有过。社交界从未有过。是的，在黑夜里。是的，在小说中。）

这一刻可预料且不同寻常。

种子突然发芽，令我们不知所措。

所以说，预期出乎意料。

***

在黎明前工作，即在黑夜结束前工作。也就是说，在梦从黑暗中消失前工作，而那黑暗还笼罩着那些说着同一种语言的人的脸。没有哪天不可以成为公共假日。要警惕活着的人。要绷紧所有的弦，调好音。必须保证乐器在每周、每月、每季、每年的任何时候都能演奏。

不要在语言中溺亡。要熟谙这门语言，然后忘掉它。让语言成为工具。

音乐不在乐器里，小说也不在日常语言里。一种文学的语言，一种永恒的语言，远比某种方言、某种过时的语言更可取。小说不在语言中。因为梦从来不在语言中。

梦并非生于语言。

动物没有语言，但也做梦。

***

必须懂得随时撷拾那些即将消失的意象。可以说，稍迟动笔，就会错过一部作品。对作家而言，作品就像对想象力的苦修。就像爱欲充盈的肉体。如果被延迟，冲动就会平息，而试图重新点燃欲望的那些爱抚虽可成功地重新温暖四肢，但欲望却再也恢复不到原来的状态，也恢复不到原初的程度，更恢复不到那种无可比拟的、盲目的狂热。那已然是一种新的欲望，新的意象，但自发性具有掩盖某种无知的力量，它包含着某种呆板，且这呆板本身与追随者不同，因为追随者是在模仿和重复它们。笔调存在于初起的幻觉中。时不再来。我们若低估了自己的欲望就不会得到它。它只能应用于对象。这便是信念。便是对虚构之世界的坚定 *fides*（信念）。便是对想象的虔信。

***

"*Est autem fides sperandum substantia rerum.*"（信念是我

174

们渴望之物的力量。）"*Argumentum non apparentium.*"（它证明了不可见之物。）

"*Et exiit nesciens quo iret.*"（他出发了，却不知何往。）这就是步入电影院黑暗之中的那种人的信念，就是坐在剧院天鹅绒座椅上的那种人的信念，就是沉浸在小说阅读中的那种人的信念，就是在大师的画作前后退、向前、再后退一步的那种人的信念。

亚伯拉罕①不知要往哪里去，于是便让百姓们定居在了那个"应许之地"。

***

信念具有某种梦的特征，包括接受未知的遗产。

***

"当下"意味着生机，意味着往昔和未来之间活生生的抗争。那是往昔的痛苦与未来的掠夺交织缠绕。大众喜爱的

① 亚伯拉罕（Abraham），希伯来人的始祖，原名亚伯兰（Abram），后奉上帝之命改名为亚伯拉罕，意为"万民之父"，七十五岁时奉上帝之命举家迁往迦南地。

一切非任何事物可比，也不会出现在任何夜晚背景之下。那些来自出版商、制作人、评论家或发行商的任何好主意都会滞后十年。他们油嘴滑舌地奉赠给你的礼物就是一座坟墓。提前接受的任何安排都只是一种约定。是一种"翻新"（re-make）。与时俱进中出现的一切都会像过时之物一样被即刻排斥。从时代精神出发，必须反对那种无视时代，却在人类的历史上——由人类书写的历史上——翻卷的形式之飓风，因为后者无论如何都无法构成编年史。一旦关注行情的专家察觉到了，就意味着它已经发臭了。你必须观察比所谓现代之物更新鲜的事物。你必须寻找某种全新的东西。尚未出现的事物是看不到的。感觉不到。也触摸不到。

当往昔以不可预测的方式回归时，回归的并非往昔：而是不可预测。

这是一种不朽的悲怆。

以不可预测的方式回归一段往昔时，男人或女人都会心烦意乱。

***

去看看拉斯科洞窟吧。去看看尼奥岩洞吧。去看看拜耳农拜耳和加尔加史前洞穴吧。去看看枫德戈姆、拉马德莱纳、莱斯皮盖史前遗址吧。去看看勒瑟利耶或福格尔赫德洞穴吧。去看看地狱之耳岩洞吧 ①。

---

① 拉斯科（Lascaux），位于法国多尔多涅省蒙特涅克镇（Montignac, Dordogne）的韦泽尔峡谷（Vallée de la Vézère）中，有著名的旧石器时代的洞穴壁画。1979 年与韦泽尔峡谷内的众多洞穴壁画一同被列入世界文化遗产。尼奥（Niaux），法国旧石器时代的洞穴壁画遗址，位于朗格多克-鲁西永-南部-比利牛斯大区阿列日省（Ariège, Languedoc-Roussillon-Midi-Pyrénées）的塔拉斯孔镇（Tarascon），1906 年被发现。壁画上的动物形象以野牛和马为主，使用黑色颜料，有的野牛心脏部位还画有两个箭头。1970 年又在此发现了另一处壁画，保存有几百个旧石器时代留下的脚印。拜耳农拜尔（Pair-non-Pair），欧洲旧石器时代晚期洞穴，位于法国波尔多，洞穴中刻有各式动物图案，并发掘出六千余具犀牛、豹、熊等动物骨骸。加尔加（Gargas），欧洲旧石器时代晚期洞穴，位于法国上比利牛斯省（Hautes-Pyrénées），洞穴中发现了二百多个手印，据分析可能是将手贴在洞壁上，然后围绕手的边缘吹上颜料而成，但所有手印几乎都残缺不齐。枫德戈姆（Font-de-Gaume），欧洲旧石器时代晚期洞穴，位于法国多尔多涅省的莱塞齐耶德泰阿克-西勒伊镇（Eyzies-de-Tayac-Sireuil, Dordogne），洞壁上有二百多幅雕刻和绘画。莱斯皮盖（Lespugue），欧洲旧石器时代晚期洞穴，位于法国上加龙省的莱斯皮盖镇（Lespugue, Haute-Garonne），洞内发现了牙雕女人像。勒瑟利耶（Le Cellier），欧洲旧石器时代晚期洞穴，位于法国大西洋-卢瓦尔省的勒瑟利耶镇（Le Cellier, Loire-Atlantique）。福格尔赫德（Vogelherd），欧洲旧石器时代晚期洞穴，位于德国巴登-符腾堡州（Baden-Württemberg），洞内发掘出众多以史前动物为主题的雕像。地狱之耳（Oreille-d'Enfer），欧洲旧石器时代晚期洞穴，位于法国多尔多涅省的莱塞齐耶德泰阿克-西勒伊镇，以壁画和发掘出的旧石器时代装饰品而闻名。

***

写书的人在话语中，犹如鱼儿在空气中。

鱼儿扭动，翻滚，痛苦，几乎即刻窒息而死。但其鳞片会因颜色和反射而闪闪发光。

那些写书的人无法言说。他们不能搞宣传、广播、电视或接受采访。如果他们这样做了，但愿他们做的时候能明白他们不该这样做。

虽然他们的鳞片闪亮，却不能发光。

***

埃克哈特说过：

一部优秀的、神圣的或被祝福的作品从来没有出现过。一个被赐福的、圣洁的、美好的时代也从来没有出现过，将来也不会出现。无论作品和时代，都不会出现。

一切都会随时失去，永远失去。头脑一旦空白，作品便即迷失，永远迷失。

意象，在 *extrafacta*（外部）熄灭；作品，迷失；时光，结束；上帝不再需要它们。

***

这条"升华之路"是一本烹饪书。当你写完一部中篇或长篇小说后，要把它烤干，然后用这面筛子筛分。用取自炉膛里的余烬烹饪一切，而那炉火自"时间"出现以来便始终在那"时间"中闷燃，由此可一直追溯到那原初的炉火，追溯到那场大火，追溯到炉膛驯服那场大火为止。既然一本书能回答蹲踞着的斯芬克司的问题，那么一个故事也必须能回应那匹半坐着的牝马的长嘶①。

俄狄浦斯相信自己是在回答用人的语言喊出的谜语。他觉得自己以俏皮话战胜了那头冥界的怪兽，但在故事中，他的手势却像是在反驳那头狮身鹰翅的畜生。他开始回答

---

① 半坐着的牝马（Jument assise），或指《航海家辛巴达的故事》（*Sinbad le Marin*）中讲述的海马和牝马的故事。见《天方夜谭》。

179

问题时已然跛脚，后来又以挖出自己的双眼结束了回答①。

远处，一头驴子在露天集市里咴咴嘶叫，它以为自己在呼唤凯撒②。

"噩梦"（cauchemar）一词过去写作 *quauquemare*，指的是长着巨乳的牝马在男人们睡觉时用蹄子蹬踹他们的胸部。

《天方夜谭》的一个故事说，神就像"一匹飞奔的马，比目光跑得还快，能跑在命运前面"。

如果我蒐集的所有问题都能在每个角色、每个场景、每个暗示中得到答复，那么这本书就不是一本好书，因为它们回答了所有问题。

但如果它们回答不出这些问题，这本书也不是一本好书。

---

① 在希腊神话中，俄狄浦斯出生后被父亲扔到荒野，虽被牧羊人所救，但双脚因受伤而跛；后又因无意中"弑父娶母"而刺瞎了自己的双眼。
② 见卢西乌斯·阿普列尤斯的小说《金驴记》。

***

那是一些漂浮的木头，不会沉入水底。但也漂不上陆地。

***

一旦我们不再心细如发，个人的欲念、梦想、梦想中的世界、世界的地平线、风格和不同的人物，一切便都混乱不堪，什么都再也看不见了，最后完全失明。此时，书便可以付梓了。

关于《短章集》的短章

我们生活的这个时代，作家们再度失去了自由，被剥夺了处置自己作品的权利。所以，我的《短章集》平装本无法再版。1994 年 6 月 9 日，星期四，巴黎大审法庭第三分庭做出了这一判决。我原本打算重新改写我的演讲录，并准备扩展成若干部。可主审法官禁止我这样做。所以我只能把它托付给荆棘、金钱、正义和对艺术的仇恨。我始终视《短章集》为我自己的家。它不是别人的家。它更像是我的名字而非我的姓氏。每种出人意表和充满激情的形式都会有某些落落寡合的、老式的、孤独的东西，它将自我排除在世界之外，也将自己排除在时间之外。

　　在一片黄色的荒原上，我建造起了一处新的隐居之所。

译后记

　　《思辨性修辞》（*Rhétorique spéculative*）是法国当代重要作家帕斯卡·基尼亚尔（Pascal Quignard）的代表作之一，出版于 1995 年。查找法国国家图书馆网站上的"帕斯卡·基尼亚尔"词条，《思辨性修辞》被置于他的长篇小说、中篇小说、短篇小说、文论和艺术之外的"其他"一栏，足见这部作品如埃德蒙·雅贝斯的作品一样难以归类。有论者将他这种具有"短章"（petit traité）风格的文字命名为"历史书写"，我深以为然。

　　基尼亚尔是历史钩沉的大师。作为碎片化写作的实践者和文学体裁的跨界者，他的作品游移于小说、传记、评论与随笔之间，上承古希腊-罗马作家的文论风格，下接法兰西的散文传统，在碎片化的文本布局中追求古典主义的简洁文雅和内在精神，构建出壮阔的人文图景。他还特别善于从历史文献中摭取若干希腊文、拉丁文的片段娓娓道来，再在后面以括号的形式将原文译成法文，既保留了原始文献的风貌，又借此阐发自己对某些问题的思考。故而"历史书写"构成了基尼亚尔文学创作的核心内容。

《思辨性修辞》就是这样一部作品。在《弗龙托》中，基尼亚尔通过弗龙托与马可·奥勒留这对师生的动人故事，为我们发掘出哲学出现以前即存在于欧洲的一种古老的、边缘的、坚忍的、受迫害的且被遗忘的文学传统，以及以伪朗吉努斯（pseudo-Longin）《论崇高》（*Traité du sublime*）为重要参照的诗学。在《拉丁语》中，基尼亚尔通过一则小故事，展开了对"第一批文艺复兴人士"之一的波焦·布拉乔利尼的描述，讲述了他如何在意大利中世纪那些最血腥的年代里，"骑上骡子，再带上几辆马车，爬上倾圮的高塔去寻觅散佚的古籍"，他认为"这就叫作'复兴'"。在《秘密之神》中，基尼亚尔讲述了文艺复兴时期一位色彩独特的人文主义哲学家库萨的尼古拉的故事——严格说来，库萨的尼古拉算不上文艺复兴时期人文主义哲学的杰出代表，也算不上中世纪经院哲学的忠实传人，他和中世纪后期萌芽的新柏拉图主义哲学的关系似乎更多一些。但基尼亚尔认为，正是"库萨的尼古拉开启了库萨和罗马的文艺复兴，他以其所谓'猜想式'的本体论，在古代世界里催生出我所说的'思辨性'修辞。"在《升华之路》中，基尼亚尔则通过回忆自己的老师和自己喜爱的作品，阐述了他本人对什么是文学，什么是语言、创作、主题、情节和风格的理解和思考。

同时，基尼亚尔还是一位东方文化的热爱者，《思辨性修辞》中不时会出现关于中国、印度、日本的诗人、艺术家或关于佛教、道教的论述，当庄子、孟子、公孙龙、王昌龄、临济禅师、清少纳言、世阿弥、兼好法师或三岛由纪夫出现在他的笔下时，我们会倍感亲切。

翻译《思辨性修辞》的过程是一次学习的过程。不足之处，诚望方家指正。同时，我要感谢我的好友、诗人、评论家和翻译家凌越先生，感谢他拨冗为拙译作序。

译者

癸卯年立春日于京北日新斋